「フルーツみたいに爽やかで甘い香りがする。綺麗な人は肌の香りまで綺麗なんですね。ここも、すごく綺麗だ」

歯が浮くようなことを大真面目に言って、平らな胸の色付きを吸い上げてくる。

Illustration／TSUBASA MYOHJIN

プラチナ文庫
Platinum Label

脱いだら凄い嶋崎さん

夏乃穂足

"Nuidara Sugoi Shimazakisan"
presented by Hotaru Natsuno

プランタン出版

イラスト／明神 翼

目次

脱いだら凄い嶋崎さん …… 7

あとがき …… 268

※本作品の内容はすべてフィクションです。

第一章

　用水路に掛かる小さな橋で、畔田《くろだ》有紀《ゆうき》は、散り落ちた桜の花びらが水面を淡いピンクに染めている光景を見た。夜の間中吹き荒れた強い雨風が、花を一気に散らしたらしい。

　大気まで桜色に染まっているかのようだ。この季節特有の晴れやかで瑞々《みずみず》しい感覚が、五体を隅々まで満たしていく。普段なら会社に向かっているはずの平日の朝に、有紀がもつかめろめろになっている相手に会いに行く途上とあれば、ことさらに浮かれた気分も無理のないことだろう。

　すれ違う女という女――通学中の女子高生から、営業職らしい二十代女性、ごみ出しに出てきた中年の主婦に至るまで――が、そこに磁力でも発生しているかのように、一様に有紀を振り返る。

　見られることには慣れっこで、今さら特に嬉しいとも思わなければ煩わしいとも感じない。有紀にとって人の視線は、空気のようにそこにあるのが当たり前のものだからだ。

　頭部が小さく手足の長いすらりとしたプロポーションと、爽《さわ》やかに整った美貌、それをひきたてる装い。自分の容姿がかなり見栄えがする方であるらしいことは知っている。子供の頃から道を歩いているだけでまじまじと見られ、知らない女子から手紙を手渡され、スカウトマンに呼び止められてばかりいれば、嫌でも自覚する。

目的の部屋のドアが開くやいなや、食べてしまいたいぐらい可愛《かわい》い相手が、いきなり腕の中に飛び込んできた。

「うーき！」

「汐音《しおん》！」

一歳七か月の甥《おい》っこを抱き上げると、汐音は短い脚をばたばたさせて高い笑い声を弾《はじ》けさせた。ミルクの匂いの頬。なぜかいつも湿っている小さな手。たまらない。

一番上の姉、亜紗《あさ》はもう身支度を済ませていて、仕事に出かけるばかりであるようだ。

「有紀の会社の創立記念日で、ほんとに助かったわ。この子、風邪気味で託児所に預けられないのよ。今日は大事なクライアントのセミナーがあってどうしても休めないし、哲郎《てつろう》も真彩《まあさ》も朱実《あけみ》も都合がつかなくて」

ちなみに哲郎は亜紗の夫で、真彩と朱実はそれぞれ二番目と三番目の姉の名前だ。

朝に生まれたから亜紗。真夜中に生まれたから真彩。明け方生まれの朱実。夕方生まれの有紀。小学生の頃、自分の名前に込められた意味を調べる宿題が出て、万事アバウトな両親らしいざっくりした名付け方を聞かされ、軽く目眩《めまい》がしたものだ。

『畔田家唯一の男の子の教育を、のんきな親だけに任せておけない』と思ったか。小学校に上がる頃から、三人の姉によって様々な教えを徹底的に叩《たた》きこまれたものだ。

優等生気質で、元ＣＡの経験を生かして今はマナー講師をしている亜紗からは、ＴＰＯに相応しい振る舞いを。

お菓子作りが趣味で、今では主婦業の傍《かたわ》らお菓子とパンの教室を開いている真彩からは、家事全般を。

おしゃれが好きで、現在ファッションアドバイザーをしている朱実からは、服の選び方や身だしなみを。

『女の子には常に優しくしろ』、『自分のことは自分でできるようになれ』、『構わないイケメンは身綺麗《みぎれい》なフツメンに劣る』。三人の姉から嫌になるほど言い聞かされてきた言葉だ。

国内有数の製薬会社・大久保《おおくぼ》薬品に有紀が入社して今年で六年目になる。社の中でもコスメ事業部という特に女子比率の高い部署で働いているだけに、女性に嫌われないのは大きな強みだ。美貌ゆえにちやほやされることが多かったにもかかわらず、一通りのことを何でもこなせる人当たりのいい男に育ったのは、三人の姉のおかげだろう。それは認める。

けれど、有紀は内心ひそかに思っている。自分がゲイなのは、美人三姉妹で通っている姉たちに散々構い倒され、彼女らの生態（と言うか裏の顔）を間近でつぶさに見てきて、女性に夢を持てなくなったせいではあるまいかと。

「汐音、熱あるの？」

汐音の丸い額に触れてみる。幼児は普段でも大人より体温が高いものだが、そう言われてみれば少し熱いような気がする。でも、今が動きたい盛りの甥っ子は、いつまでも腕の中に収まってなどいない。

「うーき！　こーえん！」

遊びに連れて行けと手足をばたつかせている動きは、いつも通り元気いっぱいだ。

「元気そうだけど」

「うん、食欲もあるし元気なんだけどね。熱が上がるようなら連絡もらえる？　念のための保険証と診察券はここ。あんたと汐音のお昼ご飯は冷蔵庫にあるからあっためて。紙おむつとお尻拭《ふ》きはこの箱。替えたらこのダストボックスに入れて。後は……」

放っておけばいつまでも続きそうな姉の指示を、苦笑しながら遮った。

「心配なのはわかるけど、着替えの場所も全部知ってるから。判断に困ることがあれば連絡するし。ほら、行って。遅刻するよ」

「ん。ありがと。お礼に何か美味《おい》しいものご馳走《ちそう》するからね」

やっと姉が出て行くと、汐音と二人になる。汐音はさっそく膝に上がってきて、「わんわん！」とせがんできた。汐音の言う「わんわん」とは、背中に乗るいわゆる「おうまさん」遊びだ。ゲイの有紀は自分の子供は持てないものと覚悟しているだけに、小さな甥が可愛くて仕方がない。いつもなら公園に連れて行ったりしてめいっぱい遊んでやるのだが、今日はそういうわけにはいかないだろう。

「絵本読もうか」

汐音の好きな絵本を三冊読んだところで、今度は汐音が「まんま」と言いだした。

「えっ、もう？」

まだ昼前だが、風邪気味なら早目に食事にして寝かせた方がいいのかもしれない。

姉の用意した幼児食を温め、汐音用のプレートに盛る。シチューをすくったスプーンを口に運んでやったが、自分でやりたいモードになった汐音が食べ物よりスプーンを狙ってくるので、ベビー用のスプーンを持たせてやる。意気揚々と食事の真似事をし始めた汐音は、瞬《また》く間にスタイだけじゃなく服をどろどろにした。

「お前、半分以上服に食わせてんじゃないか」

汐音がスプーンで皿を叩いたりし始めたので、残りを手早く食べさせて、なんとか食事を終わらせた。顔や手を拭いてやってから食事椅子から下ろし、ベビータンスのある部屋まで着替えを取りに行く。姉ならば着替えを準備した上で食事をさせるなど段取りよくできるのだろうが、たまに留守を預かる程度の有紀ではそうもいかない。

着替えを持ってリビングに戻ると、そこにいるはずの汐音の姿がない。

「汐音？」

鍵が閉まっていたはずの掃出し窓が三十センチほど空いているのに気づき、全身の血が引いた。

ベランダに走り寄ると、隣のベランダとの仕切り壁の下に、小さな足が消えるのが見えた。飛びつくようにして狭い隙間から手を伸ばしたが、惜しいところで手が空を掻《か》く。

「汐音！」

コンクリートに頬をつけて覗《のぞ》くと、隙間の半分ほどはスチール物置らしきもので塞《ふさ》がれていた。有紀では腕を入れるのがやっとだ。こんな細いところをくぐって行ったのか。

「汐音、戻っておいで。汐音！」

隙間から、小さな体がとことこと隣のベランダを遠ざかって行くのが見える。隣のベランダには柵に沿って木製ベンチやプランターが並べられている。もし汐音がベンチや室外機の上に上って柵から転落してしまったらと、想像しただけで頭が真っ白になる。

「汐音！」

有紀の声を聞いて汐音が振り向いたが、何を思ったのか嬉しげにきゃっきゃっと笑い声をたてると、さらにその先の仕切り壁に向かって行く。

そもそも、どうやってベランダに出たんだろう。自分で鍵を開けたのか。歩けるようになって以来汐音からは片時も目が離せないと、いつも亜紗がぼやいていたのに。

(俺はなんてバカだ！　どうして目を離したりしたんだ！　いや、今はそんなこと考えてる場合じゃない)

仕切り壁に体当たりして壊そうか。でも、スチール物置らしきものが邪魔して、簡単には壊せないかもしれない。もたもたしているうちに、汐音に何かあっては困る。

どうしていいのかわからないでいる間に、はいはいの姿勢になった汐音が、さらに先の仕切り壁の向こうに消えた。もう迷っている暇はない。

有紀は部屋を飛び出し、二つ隣の部屋のインターホンのボタンを何度も叩き、逆の手で扉を叩いた。

この部屋の住人が留守だったら、どうしたらいいんだろう。このマンションには常駐の管理人はいない。ただでさえ風邪をひいているのに、まだ肌寒いベランダに上着もなく長時間いて、肺炎にでもなったら……。

永遠のように思われる間があって、扉が開いた。有紀は自分より背の高い住人を押しのけるようにして部屋に飛び込んだ。

「あの？」

「子供がっ、子供がベランダにっ」

部屋の主《あるじ》を振り返りもせずに同じ間取りの部屋の奥にある掃出し窓を開け放つ。

汐音は、何もない殺風景なベランダの真ん中にちんまりと座り込んでいた。

「汐音っ！」

「うーき」

甥を抱き上げて、強く抱きしめる。

頬に触れる頭の丸み、小さな体のぬくもり。失われずに済んだ愛《いと》おしいもの。

抱いている腕が震えて立っていられなくなり、その場にしゃがみ込む。

「……あんまり心配させるんじゃないよ。寿命が縮んだじゃないか」

無事でよかった。本当によかった。

「お子さん、仕切りの隙間をくぐって来たんですね。バスルームにいたから全然気がつかなかった」

降ってきた声を聞いて我に返り、しゃがんだ姿勢のまま見上げると、部屋の主が困ったような笑顔を浮かべて立っている。相手が有紀と同年代ぐらいに見える若い男で、腰タオル一枚の姿であることに初めて気づき、違う意味でどっと汗が出た。

相手は入浴中であったらしい。さっきは押しのけた相手の姿なんかまるで目に入っていなかった。外廊下を靴下のまま走ってきて、その汚れた足で断りもなく部屋に踏み込んでしまっていたことに気づき、慌てて立ち上がった。

「すっ、すいません、俺、パニクっちゃって……」

「気にしないでください。お子さんの無事が第一ですから」

男が濡《ぬ》れ髪を無造作にかき上げると、精悍《せいかん》と表現するのがぴったりの顔が現れる。奥二重の切れの長い目に高い鼻。肉感的な唇が、浅黒い肌の野性味のある男の顔に似合っている。美男と言うには粗削りだが、相手の思いがけない男振りに目を瞠《みは》ってしまう。

そして、顔立ち以上に凄《すご》いのはその体だった。程よい量感の筋肉に覆われ、ウエストに向かって小気味よく絞り込まれていくセクシーな体が、拭《ぬぐ》い残した水滴を弾いて、ヌメ革のような光沢を放っている。

雫を乗せた肩や上腕二頭筋、腕の動きに従って動く大胸筋に目を奪われる。

（……エロい）

タオルで覆われている部分はどうなっているんだ、と考えている自分に気づいた途端、カッと体が火照った。

（何を考えてるんだ、俺は）

いくら最近忙しくて性的なことから遠ざかっているからとはいえ、姉のすぐそばに住む男に、疚《やま》しい視線を向けてしまうなんて。

有紀は身長が百七十五センチあるし、相手に主導権を握られるのが苦手という性的な好みもあって、セックスの場面ではほぼ百パーセント、タチである。ほぼ、と言うのは初恋の相手との行為だけは受け身の立場だったからで、有紀にとって苦い思い出であるその恋が終わってからは、一度もネコを経験していない。

これまで相手にしてきたのは、有紀より小柄で可愛い青年ばかり。一方、今日の前にいる男はいかにも男くさいタイプで、有紀より逞《たくま》しい上に十センチほど背が高そうだ。普段の好みからはかけ離れているはずなのに、神々しいまでの裸体から視線が剝《は》がせない。

それにしても、まじまじと凝視しすぎたようだ。視線を不審《ふしん》に思ったのか、男が有紀の顔を覗き込むようにした。

「どうしました？」

急に近づいた男からシトラスとスパイスの香りが匂い立つ。清々しいのに、香りの底が仄《ほの》かに甘い。視覚と嗅覚ダブルで官能が刺激されて、ずくんと下腹が疼《うず》く。

同性の裸をガン見してしまったことでゲイばれしたんじゃ、という怯《おび》えと、これ以上興奮して下半身がやばいことになってはという恐れで、体がすくむ。ゲイの弟がいるとでも噂になったら、姉が肩身の狭い思いをするんじゃないだろうか？

石になったように固まった有紀の腕をすり抜けて、汐音が半裸の男に駆け寄っていく。そして、あろうことか、「ばあー」と言いながら男の腰タオルを勢いよく引っ張った。汐音は「いないいないばあ」遊びが大好きなのだ。

現れたのは、艶《つや》やかな皮膚に覆われた堅そうな腹、力強く引き締まった腰、そして――。

有紀の喉からひゅっと息が漏《も》れる。

ばっちり見てしまった。「ばあ」するべきではないものを。スーパーマグナムを。

性的なことから遠ざかっている身には、無修正の生裸は強烈に過ぎた。急激に生温《なまあたた》かいものが鼻の奥から溢《あふ》れてくる。とっさに鼻を覆ったが間に合わず、有紀の興奮の証《あかし》が、床に赤い水玉を描いた。

男はもう一度腰にタオルを巻きつけると、急いでティッシュの箱を持ってきてくれた。

「大丈夫ですか?」

「すみません、本当にすみません!」

(うわあああ!)

平謝りに謝りながら、心の中では恐怖映画ばりの叫び声を上げていた。部屋に断りもなく踏み込んで、その上一糸まとわぬ姿に剝《む》いたあげく、鼻血で部屋を汚すとは。

「裸も何なので、とりあえず何か着てきますね」

男が目の前から消えると、魂が抜けそうな長いため息が漏れた。同性の全裸を見て鼻血を出すなんて、もう自分はゲイだとカミングアウトしてるようなものじゃないだろうか。

日頃の有紀は、どんなに緊迫した場面でも顔色が変わらない方で、『クールだ』とか『涼しげな顔をして肝が座っている』とよく言われる。冷静かつ好感度の高い態度を崩さないことがプライドであり、最強の鎧《よろい》にもなっていた。

ポーカーフェイスの内側はそれほど泰然《たいぜん》としているわけじゃないのだが、有紀自身には、自分が案外と不測の事態に弱く、テンパりやすいタイプだという自覚はない。

そんな有紀にとって、今日のこれはあり得ない失態だった。みっともない。かっこ悪い。

先程まで春の気配に浮かれていた気分が、今やどん底だ。

なのに、この騒ぎを起こした張本人、汐音はご機嫌で、「ないなーい、ばー」と言いながら顔を隠したり見せたりして悦に入っている。

「お前のせいで散々だよ。できれば、あの人戻ってくる前にこの場から消えたいなー……」

でなきゃ、この部屋の主の記憶から今日を完全にデリートしたい。などと思う一方で、思い出すとますます鼻血が止まらなくなるから思い出したくない男の局部画像が目に焼き付いて離れない。

（にしても、でかかった）

平常時であのサイズとはどういうことだ。有紀だってそんなに小ぶりな方でもないはずだが、完全に負けている。サイズも、風格も。

（って、何考えてんの俺！　そんな場合じゃないのに！）

それともこのシチュエーションはわざとだろうか、とふと思う。ゲイにはモテたいがゆえに体を作りこんでいる者も多い。自慢の体を見せてこちらの反応を見ているなんてことはないか。つまり、相手もゲイ、だったりしないだろうか？

男はスエットの上下を着て戻ってきた。恐れ半分期待半分で男を見ると、そこにあったのは怯えや嫌悪でも、誘いの色でもない。男は照れた顔でにこっと笑った。

「さっきは見たくもないものをお見せして失礼しました」

同性の目を特に気にしていない辺り、少なくともゲイではないらしい。そりゃそうだ。出会いがしらに同類と出会えるほどその比率は高くない。半分だけの期待で膨らんでいた胸が、空気の抜けた風船みたいに小さく萎《しぼ》む。

それにしても、有紀と汐音には散々迷惑を掛けられているのに、逆に謝ったりするなんて、どれだけお人よしかと思う。男っぽいルックスにはそぐわないほど、目尻を下げた笑顔は少年めいていていてどこか懐かしく、思わず胸がきゅんと締め付けられる。

(なんだよ。きゅん、って)

いかにもネコという可愛い系がタイプの有紀にとって、全然好みじゃないはずなのに。初恋で痛い目を見て以来、ノンケとは絶対恋をしないと決めているのに。

「いえ、失礼の数々、本当に申し訳ありません」

「いえいえ、失礼というほどのことは何もないですし。そんなに恐縮しないでください」

しきりに頭を下げる有紀につられるように、男まで頭を下げる。すると、二人を見ていた汐音まで、頭を下げる動作を真似し始めた。

男二人と一歳児でぺこぺこし合っている奇妙な状況が何だか急におかしくなってくる。自分が笑う立場ではないと思いつつも我慢できず、思わず小さく吹き出すと、男も破顔した。やっぱり笑顔が可愛い。

「なんだかこういうオブジェありましたよね。水を飲む鳥の形の」

経験的に言って、こういう男の色香をまとった男は自己愛の強さが鼻につく輩《やから》が多いものだが、この男は素朴でお人よしらしい。ゴージャスな見た目とキャラがちぐはぐなようにも思えるが、有紀にはそのギャップが魅力的に感じられた。

（なんだかいいなあ。ほっとする。この人、いいな）

いいな、と意識した途端、鼓動が急にテンポを上げ、胸の奥が甘い色に潤んで、顔をまともに見られなくなる。

こんな純度百パーセントのときめきは、本当に久しぶりだ。

初恋で痛い目を見たから恋には慎重になったし、つきあう相手のことは心身ともに傷つけないよう大事にしてきたつもりだ。だが、有紀のルックスに惹《ひ》かれて近づいてくる相手は、軽い恋愛遊戯を楽しめるかと期待していることが多くて、恋愛には真面目で堅実な有紀を持て余すようだった。

綺麗で可愛いけれど、目の前の快楽にすぐ流され、猫の目のように気分が変わりやすい青年たち。これまでの恋愛は、相手の実のなさや浮気に失望した有紀から別れを告げるパターンがほとんどだ。そのせいで、馴染《なじ》みのゲイスポット辺りでは、有紀が若い子ばかりつまみ食いする色魔のように言われているらしいことも知っている。つまみ食われているのは有紀の方だというのに、だ。

最近ではトライ&エラーにも疲れてきて、相手を見つけるのさえ億劫になっていたが、まだ有紀の恋愛回路は死に絶えていなかったらしい。

「嶋崎《しまざき》です」と男が名乗ってきた。

「畔田といいます。二つ隣に住んでいる渋川《しぶかわ》亜紗の弟で、この子は姉の子供なんです」

「ああ、この子、息子さんじゃなくて甥っ子さんなんですね」

汐音も会話に加わっているつもりなのか、もっともらしい身振り付きでしきりに嶋崎に話しかける。とはいえ、まだまだ口に出すほとんどが意味をなさない喃語だ。

「あぶ、ば？」

「……パソコン教室？」

「あべち？」

「……北斗神拳？」

汐音が意味不明の宇宙語で話しかけるたびに、嶋崎はちょっと困ったようにしながらも、いちいち答えてやっている。会話が成り立っていると思ってか、汐音は得意げだ。そう言えば、人見知りが始まったはずの甥っ子が、どういうわけか嶋崎には懐いている。

テンパりまくってさっきまでぐちゃぐちゃの気分だったのに、心がふわりとほどけて、ゆっくりと桜色に染まっていく。無数の小さな蕾《つぼみ》が生まれ、次々と花開いて、淡い色の可憐な花弁が幾重にも重なる。

この気持ちは、間違いなく恋だ。

出会ったばかりで、その出会いも最低最悪だったし、しかも相手は姉の家の二つ隣に住む男だ。面倒事を起こせば姉夫婦に迷惑をかけるし、下手をすれば彼らがここに住めなくなる。こんな状況では手も足も出せないし、恋が実る可能性は限りなくゼロに近い。

それでも、これっきりにしたくない。顔を見ていたい、隣に気配を感じたい、もっと話がしたいと思ってしまう。もし嶋崎が嫌じゃないなら、友達から始めるというのはどうだろう、と祈るような気持ちで熱心に考える。まるでその気がなさそうだったら、告白はしないし欲も出さないで、友達の態度を貫くと誓うから。

（たとえば、この人とたわいない話をしながら一緒に歩いたりできたら、どれほど満たされた気分になるだろう）

有紀の脳内に、先程歩いてきた小道を二人で散歩しているソフトフォーカスのムービーが流れ始める。十秒前に友達でもいいと考えたことも忘れ、脳内散歩はいつしかラブい追いかけっこへと脚色されていった。

薄紅色に霞んだ映像の中で、『こっちこっち』と挑発する有紀を『待てよ』と言いながら嶋崎が追いかける。嶋崎がとうとう追いついて背後から有紀を抱きすくめると、二人の楽しげな笑い声が辺りに響く。二人の顔が近づいて口づけるのを合図のようにして、これでもかと花吹雪が舞う。有紀は、自分の妄想にうっとりした。

だが、生まれたばかりの恋の卵は、続く男の一言で、孵《かえ》る前に踏み潰された。

「実は、来月結婚するんですよ。うちにもこんな可愛い子が生まれるといいなあ」

（そうか。……ああ、そうか）

桜色の妄想の靄《もや》を散らされ、灰色の現実を突きつけられた。

(何をそんなにがっかりすることがあるんだ。汐音は無事だったし、偶然出会った人がいい人だった。期せずして目の保養までさせてもらった。それで良しとしなくては)

思った以上に落胆したが、自分の性指向を自覚して以来、感情を隠した笑顔は得意中の得意だ。有紀は急いで砕けた恋の欠片をかき集め、にっこりと微笑んで見せた。失望なんて、微塵《みじん》も顔に出ていないはずだ。

「来月挙式ですか。おめでとうございます」

「ありがとうございます」

結婚の予定があると言われてみれば、この間取りは単身者には広いし、家具も少なくてがらんとしている。おそらく新婚の家にするつもりだろうと見当をつける。

「ここには奥さんと住まわれる予定なんですか?」

「はい、気が早いかなと思ったけど、前に住んでいたアパートが更新時期だったんで、決めてしまいました」

今度こそ盛大に照れた顔で、男は嬉しそうにそう言った。

もう一度、迷惑をかけた詫《わ》びを言って、汐音を抱いて嶋崎の部屋を後にした。

部屋に戻るまでの短い間に腕の中で汐音がうとうとし始めたので、汚れた手足を拭いて服を着替えさせてからベビーベッドに入れてやる。冒険で疲れたのだろう、少しあやしただけで寝入ってしまった。

寝ている体を体温計で計ってみたが、熱が下がっていたのでほっとする。さんざん振り回してくれた腕白な甥っ子も、寝顔は天使のようだ。

『もしも自分がゲイじゃなかったら、もっといい人生があっただろうか』なんて煩悶《はんもん》する時期はとうに過ぎた。大人になって、それなりの経験も積んで、自分のセクシャリティをあるがままに受け入れられるようになったはずなのに、ふいうちのように「人並み」からはじき出されている自分を思い知らされる。

嶋崎と家族になれる相手の女が羨ましい。家庭や子供を持つことを当然のように思える嶋崎を遠く感じた。

汐音のぷくぷくした手足やふっくりした頬を見つめながら、なんだかやけに侘しく、寂しくて仕方がなかった。

＊　　＊　　＊

「で？　今の話と、俺の遊びの誘いを断ることがどこでどう繋《つな》がるわけ？　まだその全裸男に失恋した痛手が癒えていないとでも言いたいの？」

同期の安住雅文《あずみまさふみ》が、有紀のグラスにビールを注ぎながらじろりと睨《にら》んでくる。

安住は一見都会的な好青年だが、その実結構策士で、男でも女でもタイプと見たら逃さない超肉食系だ。二年前に馴染みのゲイバーでばったり顔を合わせてしまい、そのうちに安住が同じ部署に配属されたので、いつの間にか悪友のような位置に納まってしまった。

安住曰く、

『社内でこれと思った女子はことごとくお前狙いで、内心ムカついてたんだよ。社内一のモテ男で最大のライバルだと思ってた当の相手がゲイだったなんて面白すぎ。これが構わずにいられますか』

ということらしい。

構われ始めた最初の頃は警戒心が先に立ち、迷惑しか感じなかった。だが、ありのままの自分を隠さなくていい相手が身近にいるというのは気安いもので、いつしか打ち解けて、今ではこうして時々二人で飲む関係だ。

「そうじゃないけど。今はそういう気分になれないんだよ」

「じゃあお前は、いつんなったらそういう気分になるの。もう何か月も相手がいないだろ。俺がその顔と体を持ってたら、めいっぱい有効活用するけどねえ。マコや恵や翔が、畔田さん連れてきてってうるさいんだよ」

「知るか」

かつて短期間つきあったり、有紀にコナをかけてきたりしたことがある青年たちの名前を聞いて、げんなりする。だから余計に顔見知りのいる店には行きたくないのだ。

「その全裸男。そんなにいい男だった？」

「……うん。顔も体もかっこよかったけど、性格が。すごくいい人そうだった」

「それに巨根だしな」

「うるさいよ」

安住にうっかりマグナムとの遭遇のことまで語ってしまったことが悔やまれる。

「そんなにいいと思ったんなら、誘ってみれば。ユキならノンケも転ぶかもよ」

「そう簡単にいくなら誰も苦労はしないんだよ。それに、その人引っ越しちゃって、もう連絡の取りようもないし」

そうなのだ。婚約者持ちだとわかっても、姉のマンションを訪ねた折にちらっと顔が見られたらと願うぐらいには、嶋崎のことがずっと気になっていた。

だが、あれから一か月ほどして亜紗と汐音に会いに行った時、二つ隣の部屋の表札から『嶋崎』の札が消えていた。そのことを亜紗に問いただすと、姉はこう言った。

『そうそう、嶋崎さんね、一週間ぐらい前に引っ越されたのよ。ご挨拶にタオルを持ってきてくれたわ』

あの時の呆然《ぼうぜん》とした気持ちと言ったらなかった。

恋愛に発展するなんて都合のいい夢は、一度も思い描いてはいなかった。それでも、顔を見るだけなら、その気になればいつでも叶うと勝手に思い込んでいた。

「聞く限りではそいつってユキのタイプとは全然違うよな。これまでは華奢《きゃしゃ》な小悪魔タイプばっかりだったろ」

安住はろくでもないことを考えている時のチェシャ猫のような笑みを浮かべた。

「何、自分よりでかい相手を組み敷いてみたくなった？　そういうのも結構燃えるよな。それとも、そいつに抱かれたかった？」

「別に俺は……」

そう言えば、鼻血まで出しておきながら、そういう生々しい想像はしていなかった。有紀はタチだから、相手に魅力を感じれば抱いてみたいと考えるのが常だ。だが、嶋崎の肉体をエロいとは思ったけれど、抱きたいとは思わなかった。ただ、美しい裸体を思い出すたびに、その艶やかに張り切った皮膚にそっと触れてみたいと思っていた。

「前から言ってるけど、ユキは精神的には受け身だから、可愛がられる方が絶対似合ってるよ。なんならこれから俺とどう？　俺、結構巧いよ？」

「そっちはごめんだし、お前とだけは絶対嫌だ。お前、Ｓっ気あるだろ」

「奉仕の精神に溢れてると言って。俺は好きな子には尽くすタイプよ」

いつも通りの軽い口説き文句は、会話の間の手でしかない。酒のつまみにもならない悪友のおふざけを、有紀は今夜もビールと一緒に飲み下す。

「どうだか。第一、今は仕事でいっぱいいっぱいだよ」

有紀は現在、メンズコスメ開発チームで、メンズスキンケアラインの企画開発に取り組んでいる。成熟市場である女性用コスメに対し、まだまだ成長期にある若い市場とはいえ、有紀たちの手がけるブランドは業界では後発となる。チームのリーダーとして、この商品ラインを軌道に乗せられるかどうか、今が正念場だと思っている。

「まあ、あの企画は元々お前の発案だしな。同じプロジェクトに参加することになったからには、出来る限りのサポートはするよ」

プライベートでは遊び人の安住だが、仕事はできる。初めての大役を務めるにあたって、気心の知れた同期にそばにいてもらえるのは心強かった。

「ああ。頼りにしてる」

そうだ。今は仕事で手一杯で、恋愛沙汰に心を砕いている余裕なんかない。

そうは思いつつ、あの嶋崎という男とアドレスぐらい交換しておけばよかったかな、と今でも時々思う。

婚約者がいて、ノンケで。たとえ縁が切れていなかったとしても、距離の詰めようもない相手だけれど、あの男といた時に感じた安らいだ気分を、もう少し味わってみたかった。

第二章

大久保薬品本社ビルの五階を占めるコスメ事業部。そのフロアの最奥にあるA会議室では、メンズコスメ開発チームの面々が、今まさに活発な議論を戦わせているところだった。

「男も綺麗じゃないとという意識が浸透してきたとはいえ、女性に比べて基本的なケアの方法すら知らない人が多いのが現状よね。自己判断で間違ったケアをして、悪化させちゃったり。そこから啓蒙していかないといけないわけだから」

「男が何ゆえスキンケアに気を遣うかって言ったら、やっぱり動機はモテでしょ。だから、レディスの商品ラインと抱き合わせで訴求するのが有効だと思うんです」

「選ぶ決め手になるのはわかりやすい効能じゃないの」

「その辺、リーダーはどう思われます？」

「俺？」

これまで黙ってメンバーの話に耳を傾けていた有紀が顔を上げると、その髪が動きにしたがってさらりと揺れる。ベテランのメンバーから若手まで、会議室内全ての女性が熱い吐息をつかんばかりの勢いで、有紀の顔を必要以上に熱心に注視している。

「みんなの言うこともそれぞれ正しいと思うけど、美容への意識が高い層は若い人を中心に着実に増えてきているし、メンズ向けコスメもそろそろ次のステップに入っていいと思うんだ。訴求の方法は医薬品メーカーである強みを前面に押し出しつつ、シンプルでわかりやすく。そのためにも、このブランドを打ち出すための機能的な目玉が欲しい」

「でも、研究開発から上がってきたこのレポート。しょせん二番煎《せん》じっていう感じなんですよね」

　レディスコスメでの経験が長い女子社員が、今回の企画での最終候補になっている化粧品原料や技術のレポートを指先で叩いた。

「そりゃ、最先端の技術は単価が高くて意識も高い女性向けに打ち出すに決まってんでしょ。メンズ向けなんか二番煎じ三番煎じで充分ってことじゃないの」

と安住が返す。一緒に戦う仲間である研究サイドに不信や不満を抱いては、企画はスムーズに進まない。メンバーからさらに何か辛辣《しんらつ》な言葉が出る前にと、有紀が口を挟んだ。

「センターの人がそろそろ来る頃だから、後は彼らの説明を聞いてからにしよう」

　それから程なくして、研究センターコスメ研究開発部のメンバーが会議室に到着した。

　管理職らしき三十代半ばぐらいの男に、同年代の女性社員、二十代後半ぐらいの背の高い男性社員が続く。

　鼻腔《びこう》をかすめていく、シトラスとスパイス、そして微かに甘い香り。

（え？）

約三か月前、姉の亜紗のマンションで出会った、嶋崎という男から薫っていたのと同じ香りだ。香りは、一番後ろから入ってきた長身の男から漂ってくるようだ。仕事柄、パフュームではなくローションかボディクリームの香りだろうと見当をつける。

香りの主と思しき男を密かに観察する。いい香りとはそぐわない猫背気味の姿勢、構わない身なりの冴《さ》えない男。だが、見つめているうちに胸の奥がざわついてきた。

嶋崎に似ている、ような気がする。

伸びすぎたぼさぼさの髪が目に落ちかかっている上に、昭和《しょうわ》のお父さんのような無骨なメガネをかけていて、顔が確認できない。それに、体に合っていないしわの寄ったスーツを着たのっそりした男と、この二か月折に触れて思い返し焦がれてきた男とでは、印象が違いすぎる。眩《まばゆ》いオーラがまるでない。

だが、確かに背の高さや体格、顔の下半分は似ている。あの時の男を力いっぱいモサくしたらこうなるかもしれない。そんなまさかと思いつつ、見るほどに胸のざわつきが大きくなる。

「課長の落《おち》です。本日はよろしくお願いします」

席に着いてすぐに、一番年長の男がそう名乗り、あとの二人を簡単に紹介した。

「こちらが調香担当の西薫子《にしかおるこ》。で、こっちが今回のシリーズをメインでやってる嶋崎聡介《そうすけ》」

嶋崎。やはり、この男があの日の嶋崎なのか。驚いた。悪い意味で。

（あの時とは別人みたいだ）

嶋崎は今では妻帯者のはずで、独身の時より身綺麗になっていてもおかしくないのに、あのむせ返るような男の色香はいったいどこに行ってしまったのか。それとも、汐音の無事を案じていたせいで一種の吊《つ》り橋効果が起こり、記憶を脚色してしまったのだろうか。

いずれにせよ、既婚者である上にこの冴えなさでは、現在の嶋崎は完全に恋愛対象外だ。まあ、嶋崎の方こそ男の有紀に対象にされてもいい迷惑だろうが。

有紀の凝視に気づいたのか、嶋崎が顔を上げた。まともに目が合ったのでどきっとするが、男はまるで気づいた素振りを見せず、視線を手元に落とした。有紀にとって忘れがたかった出会いも、嶋崎には何の印象も残していなかったらしい。軽い失望が、ただでさえ減退していた恋心をさらにゼロに近づけた。

まあ、考えようによっては、相手が覚えていない方がいいのかもしれない。格好のつかない場面を共有してしまった相手だし、今の嶋崎と近づきになりたいとも思えない。仕事相手なら余計な関わりがない方がさっぱりしていい。嶋崎が気づかないようなら、このまま知らないふりをしていようと心に決める。

最初に調香担当の西が説明に入った。西のプレゼンはきびきびとしてわかりやすいうえに、有紀たちの要求のポイントを押さえている。

有紀たち開発チームでは、あらかじめ『コスメ入門者の男性ほど女性受けする香りを意識する傾向が強いはずだ』という仮説を立て、『女性にも好まれる香り』をオーダーしていた。

　サンプルとして提示された三種はどれも、ユニセックスでも用いることができそうな爽やかな香りだ。中の一つが嶋崎のつけているあの香りで、ほんのりとした甘さの元は高山植物のエーデルワイスだと言う。個人的に好きだというだけでなく客観的に判断しても一番いいと思えたので、有紀はそれに票を投じた。チームの意見もすんなりとまとまり、今回のシリーズの香りはそれに決まった。

　続いて嶋崎が、ローションの粘度と肌への浸透性の説明に入る。

　プレゼンに不慣れなのか、嶋崎の乳化技術の話はやたらに専門用語が多く、耳を滑って頭に入ってこない。西のプレゼンが要領を得たものだっただけに、嶋崎のこなれなさが際立ってしまう。嶋崎は、どうやらあまり仕事のできる男ではないようだ。

　会議室の雰囲気が淀んできたので、どうしたものかと思っていると、落が、「嶋崎、技術の話はその辺でいいんで、サンプル」と促してくれたのでほっとした。

　やっとローションのサンプルが回された。さっき選ばれた香りがつけられているところを見ると、コスメ研での一押しもこの香りであったらしい。

　企画チームからのオーダーは『肌に優しい自然由来の素材』。高山植物由来の成分とスイスアルプスの氷河水を使用しているということで、この点はクリアしている。

手にとるとかなりとろみがあり、どうかと思いつつ掌《てのひら》で擦《こす》り合わせるようにすると、水のような感触に変わる。鮮やかな変化が面白く、他社製品との差別化もできそうだ。

臨床試験のデータが示す効果も素晴らしく、ローションは問題なく採用となった。

だが、洗顔料の説明に入ると、有紀は眉《まゆ》をひそめた。嶋崎がサンプルとして提出したのが、クレイタイプの洗顔料だったからだ。企画の段階では、そんな案は出ていなかった。

「クレイ、ですか。男性向けとしてはどうでしょうか」

有紀が難色を示すと、嶋崎が身を乗り出してきた。

「このクレイは、企画のコンセプトにマッチする素材を探し抜いた末にたどり着いたものです。汚れに吸着する性質を最大限に生かした、肌に優しい配合になっています」

サンプルと水を張ったボウルが回される。香りはローションと同じでクレイ独特の粘土臭はない。手を洗ってみると、確かにしっとりした洗い心地だが、その分清涼感に乏しい。

「洗顔フォームに比べると洗い上がりがぬるっとしますよね。やはり男性にはさっぱりした感じが好まれると思うんですが。正直に言ってイメージ的にも泥臭いですし」

コスメは効能も大事だが、イメージ戦略が何より大切だ。見た目にも全く気を遣っていないようなこの男にはわからないだろうが……という思いは秘めながら、穏やかにNGを伝えると、嶋崎はまっすぐに有紀の目を見つめてきた。暖簾《のれん》のような前髪と無骨な眼鏡越しの視線が、思いがけず強い。

「この洗顔料には確かにわかりやすい爽快感はありませんし、泡も立ちません。でも、肌への負担が少ないですし、使い続ければ確実に肌は綺麗になります。企画書には、『メンズコスメの王道を作りたい。男性にもスキンケアの効果と楽しさを実感してもらえるシリーズにしたい』とありました。企画趣旨に対してベストなものだと自負しています」

だめだと伝えているのに粘る相手に対して、イラッとする気持ちがこみあげてくる。この苛立《いらだ》ちは、仕事の上での正当なものか、それとも淡い片恋の思い出を粉みじんにしてくれた相手の劣化ぶりに対するものなのか、有紀自身にも判然としない。だが、とつとつとした話しぶりと強い目力にこもる気迫に多少気圧《けお》されていることも事実だ。

「チャンスをください。一週間。実際に使ってみてはいただけませんか」

洗顔料とローションの試作品が入ったボトルを手渡される。

「そこまでおっしゃるのなら、試すだけ試してみましょう。内部でも検討して、結論は一週間後にお伝えします」

このまま押し問答をしていても埒《らち》が明かないので一旦預かりはしたが、結論を翻す気など毛頭なかった。場を収めるために、一週間延ばすだけのことだ。

有紀の思惑も知らず、返事を聞いた嶋崎が、ぱあっと光線が出たかと錯覚するぐらい笑顔全開になる。なんと嬉しそうな顔で笑う男だろうか。奥二重の目尻を下げる笑い方が、記憶の中にあるそれとまるっきり同じで、不意打ちに強く胸を衝《つ》かれた。

急激に心臓に血が集まって、勢いよく脈打ち始める。なんだ、この胸の高鳴りは。恋愛対象外認定したはずなのに、どうしてときめいてしまっているんだ。

それはまあ、笑顔はちょっと可愛いけど。いや、ちょっとどころじゃなくて、すごく可愛いかもしれない。人懐っこい犬みたいで……。

（そうだ。何だか懐かしい気がしたのは、この人笑うと、昔実家で飼っていた柴犬のコロに似ているんだ）

笑顔一つに見惚《みほ》れてとろけかけた脳内の自分に、慌てて平手打ちを喰《く》らわせる。

（いやいやいやいや。落ち着け。よく見ろ、この男を。連れて歩く気になるか？　ならないだろう。第一、自分より体格のいいこの人を抱けるか？）

いや、最後の仮定は無しだ。仕事中にエロ方面の想像は厳禁だ。きっとこのときめきは前のことがあったゆえの条件反射みたいなもので、断じて恋愛感情なんかじゃない。

会議が終わると、そのまま研究センターの三人と開発チームとで一緒に飲みに行こうという流れになった。若手社員が近くの居酒屋に空き席を確認している時、嶋崎が有紀に近寄ってきた。

「あの、違っていたらすみません。以前にうちにいらしたことがありませんか？」

やっと思い出してくれたかと思えば、さっきまで忘れていられた方が好都合だなんて思ったことはすっかり忘れて、嬉しさに舞い上がってしまう。

「その節は突然お邪魔して、ご迷惑をお掛けしました」

「やっぱりそうでしたか。自分だとわかってもらえて嬉しいです。今日は裸ではないですけど」

嶋崎の「裸」という言葉にぎょっとしたのは有紀だけではない。会議室の空気が変わり、部屋にいたメンバーの視線が集まってくる。

顔も覚えていないような間柄なのに家に行って、裸になるような状況というのはそうない。安住が面白そうに口元を弛《ゆる》めたのが目の端に入った。

(そんな言い方をしたら、何か疾しいことがあったみたいに聞こえるじゃないか。たとえば、行きずりの関係を持ったとか)

じわりと変な汗が滲《にじ》んでくる。職場ではセクシャリティはクローズにしているのに、誤解を生むような発言は困る。

「嶋崎さんのシャワー中に、甥がベランダに入ってご迷惑をお掛けしたんでしたよね」

エロい話じゃないんだと部屋のみんなに知らしめるために、「シャワー中」と「甥が」という部分を強調する。

「あの時はメガネをかけていなかったので、実は顔がよく見えていなかったんですが、声とお名前で、もしかしたらそうかなと思いました」

嶋崎は単純に再会を喜んでいるようだが、引き続き室内の耳目を集めていることには気づいていない。どうも嶋崎は、場の空気を読めないタイプらしい。

「あ、そうだ。さっきのクレイ洗顔の話ですが、実は、一か月ほど自分で試してみたんです。きめが整って若干色が白くなった気がするんですが、前に比べてどうですか？」

ずい、と距離を詰められて顔がアップになる。その顔もむさくるしい髪とメガネに覆われて半分しか見えないが、吐息が掛かりそうな距離の近さだけでどぎまぎしてしまう。

どう、と言われても、嶋崎はそもそも肌が浅黒い方だし、髪の毛が邪魔をして顔自体よく見えないし、前の肌色と隣に並べて見なければ白くなったかどうかまではわからない。

だが、前髪とメガネ越しに覗いている黒い瞳が、子犬のようにあけすけな期待に満ちて有紀の返事を待っている。

「……肌艶はいいように思いますが」

かろうじてそう答えると、嶋崎は首をかしげた。

「顔だと面積が狭いし、ビフォーアフターの両方が隣り合っていないとわかりにくいですよね。そう思って体でも試してみたんです」

嶋崎は何を思ったのか、シャツのボタンを勢いよく開け、いきなり胸元を大きく開いた。

目に飛び込んでくる大胸筋と、ぱんと張った若々しい肌。そこに浮かぶカフェオレ色の両乳首。

「きゃあっ」と叫ぶ女性の声が聞こえた。

「……ちょっ、……嶋崎さん？」

「右胸が競合T社の洗顔料。左胸が今回試作したクレイ洗顔料です」

（なぜだ。なぜこんな状況になっているんだ）

この二か月、この人の裸を思い浮かべすぎたから、淫夢でも見てるんじゃないだろうか。とにかく、この状況はやばい。いけないものを思い出しそうになる。

「こらぁ、嶋崎。何やってんだ。畔田さん困ってんだろーが」

嶋崎の上司である落が呆れた声を出したが、胸をはだけた男はそれも耳に入っていない様子で、子犬のような目をキラキラさせて熱心に有紀を見つめている。

「どうです、左右で肌が違っていると思いませんか？　感触も確かめてください」

嶋崎は、有紀の手を引き寄せて、自分の胸に触れさせた。この二か月、触れてみたいと思っていた張り切った肌。

その瞬間、有紀の中で何かが切れた。

頭の中でスパークが起こり、煩悩へ続く導火線に着火した。

（ああ。なんてすばらしい肌触りだ。滑らかで熱い）

もっと触りたい。乳首にも触れたいし、硬そうな腹にも、もっとその下にも。

この艶のいい肌がこの下にも続いていたのを生で見てしまった時の無修正動画が、オート再生を始める。シックスパックに割れた腹。逞しい腿《もも》。漆黒の茂み。それから――。

ボム、という爆発音が頭の中で響いたと同時に、生温かい物が鼻の奥から溢れてくる。

「うわっ」

有紀が焦って鼻を覆うと、嶋崎にドン引きしていた会議室内の女子たちが我に返り、一斉に動いた。

「畔田さん、大丈夫ですか?」

「ティッシュどうぞ!」

可愛らしいティッシュケースがいくつも差し出されたので、一番手近なものをもらう。受け取ってもらえた子が嬉しそうな表情を、その他の女子ががっかりした表情をしていたことなど、動揺の極みで鼻を押さえている有紀は知る由もない。

「すみません。後から追いかけるんで、店には先に行っててください」

やっとのことでそれだけ伝えると、有紀はトイレに逃げ込んだ。個室に入ると鍵がやけに固かったが、無理やり扉を閉める。今は誰とも顔を合わせたくない。

最悪だ。男の胸で鼻血を出してしまうなんて。

入社以来、性的指向に疑いを持たれることがないよう、慎重に振舞ってきた。まだまだ偏見を持つ人が多い社会で、オープンにして得るものより失うものの方が多いと思うからだ。それに、興味本位でつついてくる相手を上手に受け流せるほど、有紀は肝が座っていない。安住の協力もあって、ヘテロのふりをすることには成功していると思う。

だから、職場のみんなだけなら今の件だけで即座に有紀をゲイだと決めつけたりしないだろうが、嶋崎には一度ならず二度までも、裸を引き金にみっともない状態を晒《さら》している。他の誰が疑わなくても、あの人には絶対おかしいと思われたに決まっている。

『畔田さんって、前に会った時も俺の裸を見て鼻血出したんですよね』と嶋崎がぶちまけたら一巻の終わりだ。

(もうおしまいだ。入社以来の苦労の全てが水の泡だ。こんなことで職場でゲイばれするなんて)

そもそも、なんで嶋崎はあんなことを人前でやり始めたんだ。いくら自分が推したい試作品を売り込みたいからって、しないだろう、普通は。

「はぁ……」

有紀は便座に座って頭を抱えた。飲み会の席が妙な空気になっている様が、目に浮かぶようだ。飲み会に行きたくない。このまま逃走してしまいたい。だが、開発チームのリーダーという立場上、行かないわけにはいかない……。

ジレンマに駆られていると、声が降ってきた。

「畔田さん？　大丈夫ですか？」

「わっ」

それが当の嶋崎の声だと知って、弾かれたように立ち上がる。

「鼻血は止まりませんか」

言われて鼻を確かめたが、血は止まっている。

「あ、いえ。もう大丈夫みたいです」

「すみません。畔田さんが具合悪くなったのはお前が妙なものを見せたせいだって、落課長に叱られました」

「いえ、そんなことは」と口では言いつつ、見られていないのをいいことにその通りだと頷く。嶋崎が悪い。あんな刺激的なものを見せたり触らせたりしたせいだ。

「企画者の畔田さん直々に成果を見てもらえると思ったら、そのことだけで頭がいっぱいになってしまいました。あの部屋には女性もいたのに、すっかり頭から抜け落ちてしまって。どうも僕は、一つのことに夢中になると他が見えなくなるらしいです」

(他が見えなくなるにもほどがあるだろう。あの部屋の誰かがセクハラを訴えでもしたら懲戒ものだぞ)

扉越しの声はいかにもすまなさそうで、何かを含んでいるように聞こえない。有紀をゲイだと疑ってはいないのか？　ともあれ、ずっとこうして個室にこもっているわけにもいかないだろう。

扉の鍵を開けようとして、つまみを引くタイプの鍵が全く動かないのに気がついた。

「あれ？」

何度やっても動かない。焦ってガチャガチャやっていると、嶋崎が言った。

「開きませんか？　貼り紙がしてあって修理中って書いてありますけど」

頭に血が上っていて貼り紙を見過ごしたらしい。どうすればいいのだ。

「外から体当たりしましょうか」

「嶋崎さんの体格で体当たりしたら扉が壊れますから。上に隙間があるんで乗り越えられると思います」

トイレのタンクの上に足をかけ、天井との隙間から壁を乗り越えようと個室の上部から顔を出すと、有紀を見上げている嶋崎と目が合った。

顔を仰向《あおむ》けているせいで、伸びすぎた前髪がわかれ、顔が露《あら》わになっている。流行とは無縁のお父さんメガネをかけていてさえ、野性味のある顔立ちの良さがはっきりわかる。

やっぱりこれはあの嶋崎なんだ。

そう思ったら、急速に頭部に血が上り、ドキドキを通り越してズキズキし始める。こんなに短い時間で血が上がったり下がったりしたら健康に悪いんじゃないだろうか。そんな有紀の気も知らないで、嶋崎が手を伸ばしてきた。

「どうぞつかまってください」

今でも頭の血管が心配なのに、手なんか握れない。

「いえ、この程度の高さなら大丈夫です」

壁の上部に膝をかけ飛び降りる。床に着いた時思ったより衝撃があったせいか、動揺していたためか、前方によろめいた。それを嶋崎が支えてくれた。自然、二の腕を嶋崎につかまれた状態で向き合う格好になる。

「すいません。嶋崎さんにはなんだか、かっこわるいところばかり見られてるな」

（こんなの俺らしくないのに。なんでこの人には無様なところばかり見られちゃうんだろう。汐音も俺も、どれだけ隙間くぐりが好きな奴らなんだと思われてるだろうな）

無様になるのは、初恋以来本気の恋をしたことがない有紀が十余年ぶりに覚えたときめきに我を失っているせいなのだが、そこには思い至らない。ただ、嶋崎にどう思われたか気にしてくよくよするばかりだ。

「いえ、畔田さんは完璧すぎて近づきがたいので、ちょっとそそっかしいぐらいの方が親近感が湧いていいです。登場の仕方にはいつも意表を突かれますけど」

そそっかしいなどという不名誉な評価はついぞ受けたことがない。嶋崎の方こそ、予測のつかない言動で有紀を翻弄してくるくせにと思う。

「畔田さんにずっと会いたいと思っていました。畔田さんは、僕の憧れの人なんです」

「えっ？」

有紀の目を覗き込んでいる嶋崎の瞳が熱を帯びてきらめいている。

なんだ、この展開は。まるで告白でもされるようじゃないか。まさかそんな。いや、でも。この状況で期待するなと言う方が無理だろう。

もしかしたら、嶋崎も前の出会いで有紀のことを憎からず思ってくれていた、とか？

ということは、嶋崎もゲイ？

必死でポーカーフェイスを保ちつつも、心拍数がやばいぐらいに跳ね上がる。装いのまずさでずいぶん劣化して見えるとはいえ、ずっと忘れられずにいた相手だ。

だが、不倫は困る。誰かに深い傷を負わせるような恋愛は、有紀には無理だ。

（好意を持ってくれていたなら、独身だった二か月前に言ってほしかった……）

すわ告白されるかと身構えていると、緊張で身震いがこみあげてくる。

「今回の企画書にあった、『スキンケアで、男性もセルフメンテナンスと癒しを』というコンセプトにすごく感銘を受けたんです。企画者の方とどうしてもじかに話してみたかったので、今日はその願いが実現して嬉しいです」

「……ああ、なるほど」

なんだ。そういう意味か。気を持たせるような言い方をするから、無駄にいろいろ考えてしまったじゃないか。

（コンセプトに感銘、って。そんな目新しいことは書いてないぞ）

自分が書いた企画書の言葉を思い返してみる。

『ボトルのふたを開け、自分の肌のケアをする時間。明日はもっと素敵な自分になっているという期待と、自分に手を掛けていることへの充足感。男性にも自分で自分を修復し癒す喜びや楽しさを』

確かにそう書いた。有紀が日頃感じていた実感や願望を込めて練り上げたものではあるが、嶋崎は、それに真っ向から応えようと取り組んできたらしい。

自分の企画に入れ込んでくれるのは嬉しいが、相手のあまりのピュアさに若干引く。初対面の時の印象通り、善良な人ではあるのだろう。こちらの言動の裏を読んだり悪く取ったりしないのは、人がいいからだ。よく言えばまっすぐだし、仕事熱心だ。でも、相当に変な人ではある。行動は突飛だし、人の心の機微には疎《うと》いし、空気を読むのも下手だ。まるで、大人の男の体の中に子供の心が入っているようだ。

（素材的にはすごくいいのに、いろいろな意味で宝の持ち腐れ過ぎるだろう）

大人なんだからもっとうまく立ち回れるようになれよと思う反面、熱心すぎるぐらい目を輝かせている様子が眩しくて、自分にも確かにあったはずの純粋さは、どこにいってしまったんだろうという気にもなる。

企画を製品化までもっていく過程では、クリアしなければならない課題が次から次へと現れるものだ。場合によっては妥協を余儀なくされる。そうするうちに、自分が掲げてきたものが、次第に形ばかりのものになっていたことに気づかされる思いだった。

その時、バタンと音がして男子トイレのドアが開いた。抱き合っているかのような状態で向き合う有紀と嶋崎を見て、トイレに入りかけた同じフロアの社員がぽかんとした顔になる。次の瞬間、用も足さずに回れ右をしてそっとドアが閉まった。

有紀は、もう一度個室にこもって頭を抱えたくなった。

「……どうすんですか。誤解されたじゃないですか」

「何をですか？」

鈍い男は、不思議そうに聞き返すのだった。


居酒屋に着くと、安住が手を上げて席を教えた。安住の向かいには嶋崎の上司の落が座っている。安住の隣に有紀、その向かいに嶋崎が座る。

「嶋崎さんも生でいいですか？」

「あ、はい」

「生中二つ」

とりあえずのオーダーを入れた有紀の耳元に、安住が素早く囁《ささや》きかけてきた。

「全裸男？」

面倒な奴に気づかれたようだ。

（そりゃ気づくよな。裸とか甥がベランダでどうのとか言ったもんな）

絶対に黙ってろよ、という意味を込めて安住を睨《にら》む。安住は油断のならない笑みを浮かべた。今夜は非常に疲れそうな予感がする。

「畔田さん、こいつバカですいませんね。男の乳なんか誰が見たいんだっていうね」

落が話しかけてきた。ざっくばらんなしゃべり口だ。

「いえ、嶋崎さんのせいじゃないですから。実はちょっと風邪気味で」

得意の爽やかな笑みを作ってさりげなく言い訳する。できればもうその話は蒸し返さないでもらいたいのに、

「すいません。ある程度面積が広くて左右で比較できる部位がいいと思ったものですから。尻でも試してみて効果を感じたんですが、そっちを出すのはさすがにまずいと思って」

嶋崎がこう言いだしたのでせっかくの笑顔も引きつった。

「自分で胸や尻に塗ったくってんのか。不毛すぎるなお前」

ぐはは！　と落は笑っているが、有紀はその光景を思い浮かべないように必死だ。

「そんなだから、婚約者にも逃げられるんだろー」

落の言葉に驚いた有紀に向かって、嶋崎は困ったような笑顔を向けた。

「実はあの後、婚約解消されてしまいました」

（えっ、なんで？）

思わず聞き返しそうになったけれど、個人的なことだと言葉を飲み込んだ。

二か月前には、結婚したら子供が欲しいなんて言ったりして、あんなに嬉しそうにしていたのに。あの後この人の身に何が起こったんだろう。

「こいつ、実験が佳境になると何日でも会社に泊まり込むし、携帯のメールチェックすらしないし、バッテリーが切れてても気づかないんだよ。嫁に逃げられても無理ないと思うよ。誰かこういう奴でも面倒見てくれるっていう心の広い子はいないもんかねえ」

落が長テーブルに並ぶ女子社員を見渡すようにすると、隣接した席の女子たちは慌てて顔をそむけた。こっちに話を振らないでのサインだ。どうやら嶋崎は、有紀のチームの女性陣には受けが悪いらしい。

「その冗談みたいなメガネ外して、むさくるしい格好を何とかして、背筋をしゃんとして、人の話をちゃんと聞いて、口を開きさえしなきゃ、お前もそこそこいい男なのになあ」

「それ、改善点が多すぎてほとんど原形をとどめていませんよね。別人ですよね」

「お前最近、一層構わなくなったよな。そんなんじゃ、出会いがあっても逃すぞ。ぐじぐじ終わったことを引きずってないで、とっとと次行け、次」

「次かあ。うーん。別れる時、女心がわかってないってぼろくそ言われたからなあ」

その時、安住が有紀を見て例のチェシャ猫のような企《たくら》み笑いを浮かべた。嫌な予感が走る。こいつ、何考えてやがる。

「こう見えて、畔田は社内一のモテ男なんですよ。『ミスター大久保薬品』とか『本社五階の貴公子』とか呼ばれてるんです」

そんな呼称は今の今まで聞いたことがない。

「それ、お前が今作っただろう」

睨みつけても安住はどこ吹く風だ。

「確かに畔田さん、イケメンだもんなあ」

落が有紀の顔を無遠慮に眺め、感心したような声を出した。

「落さんまで、やめてください。安住のくだらない冗談なんですから」

いつもなら褒められても笑顔でさらっと受け流すのだが、嶋崎の前だと思うと何だかぎこちなくなって、間を持たせるためにジョッキを持ち上げビールを飲んだ。

すると、嶋崎が真剣な顔でこう言い出した。

「本当に畔田さんは綺麗ですよね。こんなに綺麗な男性を見たのは初めてです」

有紀はビールを吐きだしそうになった。案の定、嶋崎のそばにいた女子社員数名がすごい勢いでこっちを振り向いた。

「おいおい、いくら畔田さんが美形でも、そっちに目覚めんなよ」

ははっと笑う落の言葉も地味に心臓に悪い。当の嶋崎は、テーブルに身を乗り出して、ギラギラしていると言っていい熱量の高い目で有紀の顔を凝視している。

「だってこんなにきめが整った肌、見たことありますか？　至近距離で見ても色むらがないんですよ。全身こんな肌なんですか？　一度マイクロスコープで撮らせてもらってもいいですか？」

何かと思えば肌の話か。幸い姉の厳しい指導のお蔭で食事や肌ケアには気を付けてきたので、生まれてこの方肌トラブルとは無縁だが、そんなことはどうでもいい。頼むから、主語の一部を省略する話し方はやめてくれ。あと、もっと他人の目や耳を意識してくれ。

「畔田さん引いてんだろうが。女相手にそれやったら完全にセクハラだぞ」

「えっ？　今、何か変な事言いましたか？」

「これだからなあ。こいつ、研究分野のせいか肌フェチなんですよ。畔田さん、気を付けた方がいいよ。次は試作品の被験者にしようとしてくるから」

そこで、安住がわざわざ話を元に引き戻した。

「嶋崎さん、次の出会いをものにしたいんだったら、畔田に女の扱い方を個人レッスンしてもらったらどうですか？　こいつさっきも言ったように抜群にモテるし、姉さんが三人もいるんですよ。女心のエキスパートですよ」

「バカ、何言いだすんだよ」

ゲイの有紀に女心なんてわかるはずがあるか。

「そりゃいいや。嶋崎、畔田さんに女の口説き方でも教えてもらえ」

何だ、この無茶振りの流れは。

「無理ですよ。そんなのわからないし。男にとって女性の気持ちは永遠の謎でしょう。そんなうまい方法があるならこっちが知りたいですよ」

当たり障りのない言葉で婉曲《えんきょく》に断りつつ、有紀は次第に腹が立ってきた。

(安住め、面白がってるな。後で覚えてろ。それに、落課長も無神経だ)

こんな席で、婚約が破談になった話を酒の肴《さかな》にされている嶋崎が気の毒でならない。当の嶋崎は少しぼんやりしている。自分をネタに盛り上がっている座の雰囲気を不快に思ってはいないかと心配になった。

初めて出会った日、この男の優しさやおおらかさを、有紀はとてもいいと思ったのだ。突然部屋に飛び込んできた見知らぬ相手を一切咎めず、気長に一歳児の相手をしてくれた。どうしてみんなには嶋崎の良さがわからないいんだろう。嶋崎の婚約者だった女性は、この人の何が気に入らなかったんだろう。

(いいのになあ。この人、いいのに)

嶋崎のために腹を立てている有紀の頭には、『あることにのめりこんだら、それ以外のことがまるっきり目に入らなくなってしまう』というその一点だけで、充分に嶋崎は変人の部類に入るという事実は浮かばない。男への同情と、自分がいいと思うものが不当に評価されているという憤りで、思わずこう言っていた。

「嶋崎さん、いいと思いますよ。親切だし、温かいし、仕事熱心だし。話していてほっとします。その彼女とは縁がなかっただけで、すぐに素敵な相手がきっと現れますよ」

熱がこもり過ぎて不自然だったかな、と語尾に行くにしたがって声が小さくなる。

「……と言っても、知り合って二回しか会っていないのに、こんなこと言うのもおかしいかもしれませんけど」

嶋崎は、有紀の言葉を聞きながら、じっくり噛《か》みしめているみたいな顔をしていた。

「ありがとうございます。畔田さんにそう言ってもらえると、自分が少しいいものみたいに思えてきます」

せっかく場がいい雰囲気になっていたのに、安住が「体もいいしね」と余計なことを付け足した。

「さっき胸を見て、鍛《きた》えてんなあと思ったんですよ。ジムか何かに通ってるんですか」

「特に鍛えてはいませんけど、泳いでるからかな。高校までは結構本気で上の方目指してたんですけど、骨折して選手の道は諦めたんです。でも、今でも水に入るのが一番のストレス解消ですね」

水泳か。あの素晴らしい体はその賜物《たまもの》か。

有紀はスポーツなら大抵のものをこなすけれど、実は水泳だけは大の苦手だ。子供の頃川に落ちて以来、水辺には近づくのも嫌だ。だから余計に「泳ぐ人」に憧れがあるのかもしれない。

（嶋崎さん、水泳が趣味なんだ。……かっこいいな）

自分が泳げないだけに、たったそれだけで嶋崎の株がぐんと上がる。

「嶋崎の場合、研究所とプールとアパートを往復してるうちに、四十、五十になりそうな気がするんだよ。畔田さん、別に女の攻略法なんたらを教えるんじゃなくても、この研究バカを飲みにでも連れ出してやってくれませんかね。研究所にこもっていても出会いはないし、理系人間ばかりに囲まれているより、たまには本社の空気を吸った方がいい」

落も失意の部下を案じているんだなということは伝わってくる。

嶋崎と個人的に飲みに行く。その提案はすごく魅力的に響いて、心が動く。でも、自分と交流して嶋崎にプラスになる面があるようには思えない。女の攻略法なんて、ここにいる誰よりも知らない自信がある。

嶋崎本人はどう思っているんだろう。視線を向けると、話題の当人が考え考えしながら話し始めた。

「僕は、結婚直前になって振られた理由は何なのか、あれからずっと考えています。正直今は、すぐ次というような気持ちにはなれないんですけど、女性の気持ちが少しでもわかるようになれば、彼女の気持ちもいつか理解できるんじゃないかと思うんです。でも、畔田さんには迷惑なんじゃないんでしょうか」

今夜の嶋崎はずっと、翳《かげ》りなんてまるで感じさせなかった。本当はそれほど結婚したがってはいなかったんじゃないかと思いそうになるぐらいに。

（この人は、婚約破棄されたことを、まだものすごく引きずってるんだ）

今初めて、嶋崎が負っている傷の深さが見えたと思った。まるで、酷い怪我《けが》をした子供が、手当ての方法もわからず途方に暮れているようだ。

次に行けと言うのは容易い。でも、あれほど結婚を楽しみにしていたのに、婚約者に去られて、新婚の家にするつもりだったマンションからも引っ越して、傷ついていないわけないだろう。引きずっていたって当たり前だ。

「いえ、迷惑ってわけじゃ……」

「それじゃあ、すごく暇で仕方がなくて、他にやることが思いつかない時で構いませんから、お願いしてもいいですか」

ストレートにお願いされて、断りの言葉が継げなくなった。

嶋崎の目が、捨てられた子犬みたいに有紀を見つめている。嶋崎は、そんなに切り替えが速いタイプには見えない。別れた彼女のことを整理できなければ先に進めないんじゃないだろうか。この人なりに現状を打開したいと思って、あがいているのかもしれない。

有紀なんかと交友関係を結んでも、嶋崎の人生にはプラスになることなんてないだろうが、ここで突き放したら、何度でもこの目を思い出しそうだ。

時々会うぐらい、いいんじゃないだろうか。自分のできる精いっぱいで、嶋崎が気持ちの整理をするための手助けをして、新しい恋に出会えるまでの暇つぶしになれば、少なくともマイナスにはならないだろう。

「……俺なんかでよかったら」

有紀が答えると、様子がみるみる明るくなり、嶋崎の目が恒星みたいにぴかっと輝いた。

「いいんですか！　どうぞよろしくお願いします！」

嬉しそうに頭を下げる男を見ながら、嶋崎のためのようなふりをして本当は自分の方が嶋崎と繋がっていたかったんじゃないだろうかと、それが気になってしかたがなかった。


店の外で嶋崎たちとは別れた。

研究センターの三人が見えなくなると、二次会に行こうと固まっていた開発チームの女子たちが機関銃のように話し始める。

「何なの、あの嶋崎って男。畔田さんにべたべたして。あいつゲイだよね、絶対」

「私たちだって協定作って眺めるだけで我慢してるのに、あんなモサ男が狙ってくるなんて図々しいにもほどがあるよ」

「いきなり胸出しとかあり得ないわー。変態過ぎ」

有紀のところまで丸聞こえだ。

（あーあ。どうするよ、これ）

今日一日で、何度頭を抱えたくなったことか。

おかしな言動のせいで、有紀ではなく嶋崎がゲイ認定されてしまったようだ。こういう噂が回るのは早いものだし、もはや嶋崎には社内での新たな出会いは期待できないだろう。

「畔田さんと安住さんも二次会行きましょうよ」

「今夜は体調悪いから帰る。みんなも、週末じゃないんだから、ほどほどにしておけよ」

ほろ酔いの部下を軽くいなして、方向が同じ安住と駅に向かう。

職場のメンバーと充分距離が離れたのを見計らって、有紀は安住の背中を突いた。

「いてっ」

「お前、何のつもりだよ」

「なーにその怒った顔。感謝してくれてもいいと思うけど」

やっぱり、有紀と嶋崎を接近させようと思ってあんなことを言いだしたのか。

「余計なことをするなよ。嶋崎さんは婚約がだめになって落ち込んでるんだ。冗談にしていいようなことじゃないだろう」

「落ち込んでる時こそチャンスってのが恋の駆け引きの定石でしょうが。個人レッスンって何かやらしい響きだよねえ」

何でも遊びみたいに考えている安住のしたり顔に腹が立って、きつい目で睨みつけた。

「俺は職場恋愛もノンケもお断りだと言ってるよな。無理にくっつけようとするなよ」

「そんな縛りを自分で作ってどうすんの。努力しないで手に入るものはそれなりのもの。本当に欲しいものは、自分からつかみに行かないと手に入らないよ。それにしても、有紀がいい男だって言うからどんなイケメンかと思ったら、ああいうのも守備範囲内だったとは意外だなあ。ノンケっぽいし、ドのつく天然ってことか。面白えな、あの人」

安住はにやにやしている。

「あの人とはそういうんじゃないし、その気もないよ」

確かに、先程嶋崎のアドレスと電話番号を登録した時、心が弾んだ自分がいる。だが、嶋崎を好ましく思う気持ちは人としての好意であって恋ではないはずで、今後も決して恋の気持ちに育てる気はない。

ノンケ相手に本気になって傷つくのはもう懲り懲りだし、嶋崎のためを装って自分の欲を満たそうとするのは、あの気の毒な子供みたいな男を騙《だま》すようでしたくない。時々会うことを了承した時点で、嶋崎のための恋愛指南役に徹しようと心に決めていた。

だが、女相手の恋愛のアドバイスみたいなことが、そもそも自分にできるだろうか？

何しろ、これまで口説いたことがあるのもつきあったのも男ばかりなのだ。

いや、できるだろうかじゃなくて、やるんだ。

男女間の恋愛でも、必要なものはそう変わらないはずだ。相手に恥をかかせない常識と、相手の意をくむ感受性、そしてチャンスを逃さない行動力。

　元々そういうものが備わっているかどうかは生育した環境によるところも大きいし、見た目や雰囲気に魅力があって生来モテる人は確かにいる。だが、相手を喜ばせるような振る舞いは、実際のところ慣れれば反射的にできるようになるものなのだ。

　そういうものなら少しは伝授できそうだし、気まぐれで美意識の高いネコの男の子たちを喜ばせてきたことは、女性相手にも通じそうだ。

　ネットや情報誌や姉たち、使えるものは何でも使って、嶋崎をどこに出しても恥ずかしくない、恋愛向きの男に仕立ててやろうじゃないか。自分がいいなと思った男が、バカにされていていいはずはない。

（何しろこの目で見た通り、素材は悪くないんだ。嶋崎さんをバカにしていた奴らが自分の目のなさを反省するぐらいのハイレベルな男にしてみせる）

　そう思ったらメラメラと闘争心が湧いてきた。

　見ていろ、嶋崎を振った彼女に、嶋崎の悪口を言っていた部下の女子連中。見返してやる。

第三章

レッスン1　～手持ちのカードを増やす～

有紀はその週末を、そっくり嶋崎への「恋愛個人レッスン」の下準備に充てた。

本当は、出会いの機会を増やしてやるのが一番ダイレクトで効果のある方法だとは思うのだが、嶋崎にはまだ、新しい出会いへの心の準備ができていなさそうだ。

だからまずは、この先嶋崎がデートをすることになった時、迷わず女性を連れて行ける行きつけの店をいくつか開拓してやるつもりだった。恋愛ごとに不慣れな人ほど、初めての店ではなかなか自分らしさを発揮できないものではないかと思ったからだ。手持ちのカードの中に、料理がおいしくて雰囲気のいい行き慣れた店が何か所かあれば、アウェー感を感じずに落ち着いていられる。

とは言っても、自分の行きつけの店をそのまま教えるわけにはいかなかった。遊んだことのある知り合いと出くわして、嶋崎に余計なことを言われたら困るからだ。つきあった相手と行ったことのある店は極力避けたい。

そう考えると仕事で利用した店だけでは足りず、噂を小耳にはさんだ店や通りすがりにいいなと思った店の記憶を総動員する。ネットの口コミなどでも情報を拾った。姉たちにリサーチすると、自分のリストには載っていない店を山ほど教えてもらえた。

『なあに、デートのためなの？　有紀がそんなに必死になるなんて、珍しいわよね。今度は本気の相手なの？』

二番目の姉の真彩にそう突っ込まれた。

畔田家でのカミングアウトは高校時代に済んでいる、というか、ある出来事がきっかけでなし崩しに知られてしまったため、家族は有紀がゲイだということは知っている。

「いや、デートとかじゃない。知り合いのために店を探してるだけだから」

そう言い訳したが、冷静になると、確かになんで自分のデートでもないことにこんなに必死になってるんだと白々とした気分に襲われた。

これまでつきあってきた相手とのデートではついぞこんなにいろいろ考えたことはない。ゲイのコミュニティは案外狭いので、知り合いに会おうとすれば行く店はおのずと限られてくるし、好みが想像できる相手に合わせるのはさして難しくない。

（こんなにしたって、しょせん嶋崎さんはそのうち女とデートするんだよな。そのための店探しなんだ）

そう思うと、空《むな》しいようなばかばかしいような気持ちがこみあげてくるが、それは最初からわかっていたことだ。

良さそうな店を絞り込んだのは翌週の半ばで、それから嶋崎にメールをして予定を聞いた。嶋崎からの返事は、メールじゃなくて電話だった。

『嶋崎です。こんばんは』

「こんばんは」

会議で会ったのはほんの一週間ほど前なのに、ものすごく久しぶりに感じた。

『今、話していても大丈夫ですか?』

「はい。今帰り道で、地下鉄の駅に向かっています」

『僕も仕事が終わったところです。あの、連絡をもらえて嬉しいです。もしかしたらやっぱり迷惑だったかなと思っていたので。それで、僕の方は、全部空いてます』

嶋崎の声は意気込んでいて、有紀からの連絡を心待ちにしていたのだということが伝わってくる。それを聞いていたら、感じていたはずの空しいような気分は嘘のように晴れてしまった。

「えーと、それじゃ善は急げってことで、今週の土曜はどうですか?」

『はい。それじゃ土曜日で』

時間と場所を決めて、電話を切る間際に嶋崎が言った。

『あの、楽しみにしています』

その日はなんだか気分が弾んでそのまま家に帰る気になれず、そのままリストの店まで足を運んで外観をチェックしてみたりした。中に入って美味しいかどうか確認しようかと思ったが、味の好みはそれぞれだから、一緒に行ってみて合うかどうか確かめてもらった方がいいだろう。

約束の日の前日に、着ていく服を選ぶ段になっても、大いに迷った。なかなか決められず、ベッドの上に夏服が山盛りになる。

(嶋崎さんはそんなに服装に凝る方じゃなさそうだよな。たぶん、しゃれっけのないベーシックなアイテムを着てくるだろう。とすれば、あまり気負った服を着て二人がちぐはぐになってもまずいし)

悩みに悩んだ末選んだのは、襟開きが絶妙な白Tシャツにサマーニットのカーディガン、履いた時のラインが綺麗なパンツ。さり気なくボディラインが引き立つ、有紀の鉄板コーディネートだ。

ようやく準備が整ってほっとする。店のチョイス同様、自分のデートではこんなに着ていく服で悩んだことはない。

我に返ってみると、自分がいつの間にか、嶋崎のために想定した『恋愛ごとに不慣れでおたおたする男』そのものの行動をなぞっていたことに気づいて、唖然《あぜん》とした。

待ち合わせ場所に選んだカフェに、嶋崎はもう来ていた。すぐに有紀を見つけた嶋崎が、ほっとしたような笑顔になる。

だが、その姿を見て、有紀の口がゆっくりと開いた。

(何だこの服は……)

股上《またがみ》の深いツータックのチノパンに、アロハシャツ。シャツの裾をウエストに入れていて、胸ポケットが不自然に膨らんでいるが、有紀の感覚では、そこは実用のポケットじゃない。煙草を吸う親戚の胸ポケットが、いつも四角く膨らんでいるのを思い出す。

何よりシャツが酷《ひど》い。どうしようもなく酷い。べらぼうに酷い。

アロハであることが問題なわけではない。その人に似合う渋めの色柄のものを色味の合うデニムと合わせる着こなしなどは、夏らしくて有紀も好きだ。しかし、このシャツは。

明るい黄緑地の色合いにも言いたいことはある。だが、それよりも由々しいのは、一面にバナナとゴリラとキャップをかぶったサルが描かれていることだ。見れば見るほど、コースを爆走しながらバナナをゲットしていく某アクションゲームのキャラに見える。

(ド○キーコング?)

「畔田さん、おはようございます。今日はよろしくお願いします」と嶋崎が頭を下げた。

「おはようございます。……あの、嶋崎さん、ゲーマーなんですか?」

「ゲーマー？　ゲームが好きかってことですか？　いえ、僕はあまり得意ではなくて」

「じゃあ、このシャツは？」

「ああ、これは友人が土産にくれたものなんです。他に、赤と緑の帽子をかぶったおじさん模様のシャツもくれました。面白いセンスですよね。畔田さんとお会いするので、新しい服の方がいいと思って初めて着てみたんですが、おかしいですか？」

そう言って、嶋崎ははにかんだ笑みを浮かべた。

おかしいよ！　と力いっぱい即答したいが、会って一分で相手のテンションを下げては今日一日の雰囲気が暗くなると思い、ぐっとその言葉を飲み込んだ。

「なかなか個性的なプリントですね」

（このシャツは友人がネタで寄越したものだろう。気づかないのか？）

プライベートな時間の嶋崎の装いは、スーツ装着時よりずっと破壊力があった。

伸びすぎた黒髪に銀行窓口備え付けみたいなメガネ、長身で筋肉質で肌が浅黒い上に、変な柄の派手なシャツと今風でない着こなし。それらが全て合わさって、オタク風とはまた違う、妙な凄味のある国籍不明の胡散《うさん》臭さが醸《かも》し出されている。メガネをサングラスに変えたら、人が避けて歩く感じになりそうだった。

薄々そんな気はしていたが、嶋崎のファッションセンスは壊滅的であるようだ。今日一日、こんな変な格好の男と歩くのか。知り合いに絶対会いたくない。

だが、いろいろなことをいっぺんにするのは無理だ。ファッション関係は後日、ガッツリまとめて取り組むこととして、今日のところは棚上げすることに決めた。

ファッションアドバイザーをしている末の姉、朱実の力を借りようと、この瞬間固く決意する。嶋崎は言葉の裏を読まずそのまま実践する男のようなので、ワードローブを抜本的に改革するなら、プロの指南の方が効果的だろう。朱実なら、理論的かつ歯に衣着せずに指導してくれることだろう。

嶋崎が小さなメモ帳とボールペンを胸ポケットから取り出した。不自然なふくらみはこれが入っていたのか。

「それ、なんですか？」

「はい。畔田さんから教えていただいたことを忘れないように、書き留めておこうと思って」

(今時手書きのメモ？　それに、こんな人目がある場所で恋愛指南の真似事をしろっていうのか？)

有紀は、店を見回してみた。土曜の午前十時、カップルが多い喫茶店で、隣接した席の間隔は狭い。現に、すぐ隣のカップルがこの後行くのであろう映画の話をしているのが全部聞こえる。

有紀は、自分たちが傍《はた》からどう見えるか思い浮かべてみた。デートのノウハウを得々と話している（ように見えるであろう）自分。その前でメモを取りつつ熱心に聞いている、変なシャツを着た国籍不明の男。

みっともなさすぎる。嫌だ。絶対嫌だ。

「なんか、男二人で喫茶店で顔を突き合わせて『モテ作戦』的なものを話し合ってる図という状況も微妙じゃないですか」

「微妙、ですか」

「はい。だから、デートに使えそうな場所を回って遊んだりしながら、気がついたことをその都度伝えて行こうかなと思ったんですけど」

嶋崎の驚いた顔を見て、もしかして一、二時間で帰るつもりだったのかなと不安になる。嶋崎は、女性の心理や次の出会いのためにうまくいくコツをてっとり早く教えてもらいたいのであって、別に男の有紀なんかと出かけたくないのではないだろうか。

「そんなに長時間、僕につきあってくれるんですか？」

「えーと、嶋崎さんの方でこの後予定がなければ」

「ないです、全部空いてます」

嶋崎は食い気味に勢い込んで答えた。

「そんなに時間を割いてもらえるなんて思ってなかったので嬉しいです。無理言ってお願いしてしまったのは、実はもう少し畔田さんと話してみたいと思っていたのもあるんです」

子犬にボールを見せた時のように目をキラキラさせて嬉しそうにするから、何だか照れて顔を見られなくなる。少なくとも有紀と会うのは嫌じゃなかったらしい。

「じゃあ、行きましょうか」


昼食にはちょっと早いし、外で過ごすには夏の日差しは強すぎるので、ほどよい時間になるまで近辺の店をぶらついたりしながら時間をつぶすことにした。

「ちょっとここに寄ってもいいですか?」

嶋崎に断って、トイショップに立ち寄る。今日のコースの途中にこの店があることは織り込み済みだ。汐音の誕生日が近いので、プレゼントを買うつもりだった。

「甥っ子に何か贈りたいんですが、これだけあると迷うなあ。プラレールとかブロックは親や姉たちとかぶりそうだしな」

「僕の従兄の子供が小さい頃には、小さなリュックに遊び道具を入れて出かけるのが好きでしたね」

「へえ。それは汐音も喜びそうな気がする」

迷った末に、幼児用のリュックの中にミニカーと汐音が好きなキャラクターのソフビ人形、持っていない形状のお砂場スコップを詰めてあげることにした。

リュックは何年か使えるようにシンプルなものにし、その代わりに好きなキャラのマスコットをいくつも下げてやる。汐音が開ける時に喜んでくれたら嬉しい。

休日のことで、店内はほどほどに混んでいた。ラッピングの順番を待つ間、店内を見て回っていると、ディスプレイ用のかなり大仕掛けなボールコースターが目に付いた。小さなボールを入れると、途中でベルを鳴らしたり天秤《てんびん》を傾《かたむ》けたりしながら複雑なコースを転がっていく。

面白いので何度もボールを入れてみる。ふと視線を感じて、そんな様子を嶋崎にじっと見られていたことに気づき、きまり悪くなった。二十八にもなって子供じみた男だと思われたかもしれない。

「結構面白いですね、これ。汐音と一緒に子供番組を見ることもあるんだけど、ピタゴラ装置とか見るのが結構好きで」

「こういうものを見ると作ってみたくなりますよね」

「これって作れるんですか？　見てる分には面白いけど、俺には作れそうもないな」

「作れますよ、畔田さんにも」

そう言われても、料理以外では何かを作ることが特に得意でも好きでもない有紀は、こういうものは見ているだけでよかった。

「嶋崎さんは工作系得意なんですか？」

「子供の頃は電子工作が好きでした。最初はキットから始めて、そのうち本を見てパーツを揃《そろ》えるようになって。電池で動く簡単なロボットみたいなものをよく作りました」

ラッピングが出来上がったという呼び出しがかかったので、綺麗に包装されたプレゼントを受け取り、店を後にする。

「嶋崎さんのお蔭でいいものが買えました」

「喜んでくれるといいですね」

「うん、たぶん喜ぶと思う。そうだ、嶋崎さんの誕生日っていつですか？」

「僕は十月の二十七日です」

「へえ！　俺は十七日。十日違いか」

話していたら、嶋崎は大学院の修士まで出ているので入社年次は有紀の二年後だが、年齢も同じであることがわかった。

「なんだ！　じゃあ、これからはタメ口にしません？　俺のことは畔田とか有紀でいいよ」

「えっ。……く、……くっく、くっくっー……」

鳩《はと》時計か。

おそらく畔田と呼び捨てにしようとしていたのだろうが、何度か試みた後、

「……すいません、やっぱり呼べません」

力尽きてはぁはぁと息を吐いた。力み過ぎて顔が赤くなっている。

「役職も上だし、こうやってレッスンもしてもらっているわけですから。畔田さんはもちろん、僕のことは呼び捨てで呼んでください。嶋崎でも、聡介でも」

「こっちだけって呼びにくいなあ。そんなに固く考えなくてもいいと思うけど」

「それじゃあ一緒にいるのに慣れて、覚悟が決まったら、そうさせていただきます」

嶋崎の顔の赤みはまだ冷めていない。こんなところで緊張するのに大胆に肌を晒すのは平気だなんて、シャイなのか恥知らずなのかわからない男だ。嶋崎といるとどうも調子が出ないというか、会話が斜め方向にずれてとんとんと話が進まない。

こうなると自分だけがタメ口というのも偉そうな気がして、互いに砕けた口調で会話を交わす間柄にシフトチェンジするきっかけを逃してしまった。


ランチはあらかじめ予約を入れていたカジュアルフレンチの店に入った。そんなに値段が高くない上に、内装がロマンティックでいかにも女性好みだ。食べ歩きが趣味の真ん中の姉が太鼓判を押していたので、大きな外しはないはずだ。

二人とも電車だったので、グラスワインつきのランチコースを頼んだ。

「男二人でこういうところもなんだけど、とりあえず今のうちに嶋崎さんの手持ちのカードを増やしておこうかなと」

「手持ちのカード？」

有紀の顔に質問の答えが書いてあるとでもいうように、嶋崎が熱心に見つめてくる。

「そう。デートに使える店や行く場所のストックを増やしておくってこと。ちなみに、こことさっきのカフェのショップカードです。よかったら」

もらっておいた紙片を手渡すと、嶋崎が名刺を受取る手つきでそれを受け取り、名刺ホルダーにうやうやしくしまったのでおかしくなる。

「こういう綺麗なお店には滅多に来ないので、ちょっとそわそわします」

言葉の通り、嶋崎は目に見えて気おくれした様子だ。有紀は別に気おくれはしないが、変な服を着てそわそわと店を眺めまわしている男と一緒にいるのがかなり恥ずかしい。

「俺も個人的には気取らない店の方が好きなんだけど、女性好みの店もいくつか押さえておいた方がいいかと思って。行ったことのある店なら、落ち着いていられるでしょう」

「畔田さんは、ここにはよく来るんですか」

「俺も初めてですよ。ここは真ん中の姉に教えてもらいました」

「今日のためにいろいろ準備してくださったんですね」

「店とか探してるうちに楽しくなってきて、勝手に盛り上がってしまったっていうか」

すごい意気込みで情報収集したここ一週間の自分を思って、気恥ずかしくなる。考えてみれば、少し浮かれていたような気もする。別にこれはデートじゃないし、嶋崎を口説く気持ちも皆無なのに、浮かれる理由があるかとセルフつっこみしたくなる。

「一、二か所メインで行きたい場所を決めておいて、その近辺で食べるところを知っていれば、彼女を無駄に歩かせなくて済むでしょう。エチケット的なことって、相手の身になることに尽きると思うんですよ。最低限、惨めな思いをさせたり白けさせないように気を遣って、その上で、できることならいい気分にしてあげる。最初のデートなら、雨になっても大丈夫で誰とでも間が持つ場所を選んでおけば、外しが少ないんじゃないかな」

「間が持つかどうかなんて考えたことはなかったです」

そうだろう。嶋崎は相手の反応を気にしたりしなさそうだ。

「畔田さんが考える外しが少ないデートの場所って、たとえばどんな場所でしょうか」

「ありきたりですけど、水族館やテーマパーク、科学館とかシアター辺りですかね。マイナースポットを押さえておくと、激混みとか避けられて得点高いですよね。相手の趣味がわかってくれれば、スポーツ観戦とか、趣味に絡んだイベントとか、演劇やコンサートとか、一緒に行きたい場所も広がってくると思うし」

「ちょっと待ってください」

嶋崎が例のメモ帳を取り出して何かを書きつけ始めた。一つも目新しいことは言わなかったのに、今の話のどこにメモを取る部分があったんだろう。

「そう言えば、別れた彼女とは大学時代からの長いつきあいだったせいか、張り切ってどこかに行くということも少なくなっていました」

　ふと思いついたように嶋崎がそう言った。

　もしかしたら、そういうところも彼女とだめになった理由の一つなんじゃ……、と思っていると、嶋崎は虚《うつ》ろな目になった。シャーペンを握る手が空で止まっている。

「僕の方は、同じ空間に彼女がいてくれるだけで満たされていたし、一緒にカレーを作って食べるとか、同じ番組を見ながらビールを飲むとか、それだけで楽しかった。相手もそうだと思っていたんですけど、そうじゃなかったんですね。そういうところがいけなかったのかもしれないなあ」

　有紀と歴代の恋人との関係では、部屋デートでもそういう家庭的な雰囲気にはならなかった。二番目の姉仕込みの料理の腕を振るいたくても、食卓よりベッドに直行したがるような相手ばかりだったからだ。そういうわかりやすくて即物的な相手ばかりを選んできたのも、最初の恋で躓《つまづ》いた後遺症なのかもしれない。

　社交的に見られる有紀だが、自分のテリトリーに相手を入れることが基本的に得意ではない。食べるだけ食べて後片付けを手伝うそぶりも見せないばかりか、部屋を汚し放題の相手には、部屋に呼んだことがきっかけで逆に気持ちが冷めて、フェードアウトするのが常だった。

「俺は、いいと思うけどな。一緒に飯を作って食うなんて、最高のデートだと思うけど」

気取ったお出かけデートもいいけれど、おうちデートの方が居心地がいい、と互いに思えるカップルだってたくさんいるはずだ。だから、嶋崎が婚約者とだめになったのはデートが手抜きだったとかそういうことじゃなく、それこそが相性なのだろうと思う。彼女の方が冷めていたのに、嶋崎の方では安定した関係が築けていると信じて疑わなかったのだと思うと、目の前の男が無性に可哀想《かわいそう》になってきた。

嶋崎は少し沈んだ顔で黙々と目の前の鴨《かも》を食べ始めた。この辺で話題を変えた方がよさそうだ。

「そうだ。今日嶋崎さんに会ったら言おうと思ってたんですけど、あのサンプル、試してみました」

その瞬間、オフになっていたスイッチが入ったようにパッと顔を上げて、身を乗り出してきた。目の熱量がすごいことになっている。やはり仕事の話になると生き返る。

「どうでしたか?」

「いいですね。肌に負担がかからないし、肌の透明度が上がって一段明るくなった」

「本当ですか?」

実際、とてもよかったのだ。いい意味で期待を裏切られた。

「特に洗顔クレイ。あの使用感がだんだんやみつきになるんですよね。泥遊び感覚というか。指先が滑る感触で肌が良くなっていくのが実感できると、鏡を見るのが楽しみになってくるし。本当にいいものだと思いました」

嶋崎が感激した声で「嬉しいです」と言った。少し目が潤んで見える。

「僕は、畔田さんのこの企画に救われたんです。畔田さんは恩人なんですよ」

そう言われて、頭の中がクエスチョンマークでいっぱいになる。

「どういう意味？」

「ちょうど結婚話がだめになった頃、この企画の担当になったんです。家でも仕事以外のことを考えたくなくて、試作品を持ち帰ったりしたけど、僕を見る人なんかいないのにスキンケアに何の意味があるんだと思うと、空しかった。でも、ある時、肌の質感が変わったのを感じたんです。当時はよく眠れなくて、酒の量も増えていて、そんな中でも自分の細胞は一生懸命生まれ変わろうとしていて、手を掛けてやれば喜ぶんだと思ったら、自堕落な生活をしている場合じゃないと思いました」

何と声をかけていいのかわからなかった。

初めて会った日、婚約のことをあれほど幸福そうに話していた嶋崎が、ひと頃はそこまで荒れていたなんて。そして、有紀の企画の中の一節を、そんな風に受け取っていたなんて。有紀には想像もできないことだった。初対面の日には、理想通りの人生を謳歌《おうか》している、幸福なノンケの男の象徴のように思えていたのに。

「この企画がきっかけで、僕はどん底から抜け出すことができたんです。スキンケアみたいにささいで地道な事でも、確かに自分で自分を癒してやれることがあるんだと、身をもって知りました。その企画者である畔田さんにいいって言ってもらえただけで、当時の自分が全部報われたような気分になります」

惨めな初恋が終わり、息をするのもつらかった高二の頃の自分と、今の嶋崎が重なる。

あの頃は、この先自分を恋の気持ちで求めてくれる人なんか二度と現れないような気がしていた。家族の目さえうとましくて、自分みたいな息子は両親の恥でしかないと思い詰めた。自分が虫けらみたいに思えて、ベッドに入るたびに、このまま朝目が覚めなければいいのにと思っていた。

でも、最終的に自分が立ち直れたのも、家族の愛があってのことだった。必要以上に構うことなく淡々と日常に寄り添ってくれた両親や姉たちが、目に見えない形で支え続けてくれていたのだと、長い時間を経た今になればわかる。

この人はたった一人で、動物が穴の奥でじっと傷が癒えるのを待つようにして、その時間をしのいだのだろうか。だとしたら、強い人だと思う。

「今回はたまたま仕事がきっかけだったのかもだけど、そうじゃなくても、嶋崎さんはきっと必ず自分の力で底を抜けていたと思う。あのサンプル、いいって言わせるのが俺だけじゃだめでしょう。商品化して、みんなにいいって言わせないと」

今回のあのローションや洗顔料には嶋崎の想いがこもっている。なんとしても商品化に導かなければならないと強く思ったら、覚えがないぐらい久しぶりに、眩いばかりに熱いやる気が湧いてきた。

「上はまだクレイってところに難色を示してるけど、全力で推すつもりです。イメージ寄りの訴求じゃなくて、汚れを落として保湿すれば確実に肌が綺麗になるという基本をアピールしたい。まだ勝算は五分五分だけど、俺も精いっぱい頑張りますから」

嶋崎が口の中でもう一度小さく「嬉しいです」と言った。

「あの、ご迷惑でなかったら、洗顔の成果だという肌に触らせてもらってもいいですか？」

ここでか、と思ったが、せっかく嶋崎の気分が上向いたところだし、話の流れから断りにくい。ちょっと顔に触らせるぐらい、そう人目につくことでもないだろう。

有紀が頷くと、嶋崎が手を伸ばして、有紀の左頬に触れてきた。

「本当だ。なんて触り心地だ」

有紀の頬を撫《な》でさすりながら、うっとりとつぶやく。そう言えば、落は嶋崎を肌フェチだと言っていた。恍惚《こうこつ》とした目が完全にいってしまっている。

長い。なかなか終わらない。

周辺の席のカップルや女性客の視線を痛いぐらいに感じる。周囲からは、二人の世界に突入したゲイカップルのラブいちゃにしか見えないはずだ。

「嶋崎さ……」

そろそろやめてほしいと思って声をかけようとした時、嶋崎の指が、有紀の左目の横に触れた。そこには、ごく小さいものだが、二つ並んだ泣きぼくろがある。

「畔田さんは、ここにほくろがあるんですね」

指の腹がそこを擦った瞬間、ずくん、と腹の奥がうごめいて、喉の奥が干上がった。

そこは、代々の恋人がみんな、白肌に浮かぶ二つぼくろがセクシーだと言って舌を這《は》わせてきた場所だ。そのせいで、今ではそこに触れられることはセックス開始の合図と同義になり、有紀の官能に火をつけるスイッチになってしまっている。普段爽やかで抑制のきいた有紀が欲情剝き出しになるのが見たくて、恋人たちはことさらそれを構った。

ちなみに、有紀のエロスイッチが入る行為は、ほくろに触られること以外にもう一つある。深酒すること。

安住と飲んだ時、ゲイばれの心配をしなくていい気安さでつい飲み過ぎ、意識を飛ばしたことがある。どんな失態を演じたのか記憶にないが、安住に『酔ったユキのフェロモンやばい。俺、もう掘られてもいいかと思いかけたもん』と言わしめたほど、猛烈に迫ったらしい。お互いタチでなかったら、うっかり悪友と関係を持ってしまうところだった。

以来、有紀は酒を過ごすことを強く警戒するようになった。

二つぼくろに触れられることは、深酒と同程度の効果がある。このまま触られ続けたら、何を言うか、何をしでかすかわからない。

「そこ、触らないで……」

かすれた声で言うのが精いっぱいで、瞳がじわりと濡れてくる。

嶋崎にはその声も耳に届いていないようだ。有紀の右頬を撫でさすりながら、相変わらず恍惚の世界に没入してしまっている。

「本当に素晴らしい肌だ。これは絶対、サンプルとして撮影しておかなくては……」

ぐんぐん官能が膨れ上がっていく。後は破裂を待つだけだ。

(触らないでくれ。触るなら、いっそのこと全部触って。いやむしろ、俺に触らせて)

クロスの上から皿をなぎ払い、テーブルの上に目の前の男を押し倒すところを想像する。

ベルトを外してファスナーを下ろし、どんな料理より美味しい物を口いっぱいに頬張る
……。

ガチャン、と高い音がして、エロスイッチの回線は唐突に断ち切られた。

隣のテーブルにデザートを運んできた若いギャルソンの目が、有紀に吸い寄せられている。有紀が放つ催淫物質にあてられて手元が疎《おろそ》かになり、トレーのカップを倒してしまったらしい。

我に返ると、周囲の視線を思い出して全身から汗が噴き出した。完全にエロ妄想の世界に飛んでいた。物音がしなかったら、頭の中のことを実行してしまいかねなかった。

(ああああ！　危なかった！　危なかった！)

「あぶ……っ」

恐慌を来しているせいで、脳内の言葉が口からこぼれかけ、あわやというところで踏みとどまった。

「虻《あぶ》？　虻は見当たらないようですが」

こちらも恍惚モードが解除された嶋崎が、不思議そうに辺りを見回している。

（やばい！　ダダ漏れだった！）

心の中で悲鳴を上げつつ、「あぶ」で始まる言葉を必死で探す。

「あぶ、……阿武隈《あぶくま》山地に、いつか行ってみたいと」

「北の旅ですか。いいですね。確か、有名な鍾乳洞《しょうにゅうどう》がありましたよね」

嶋崎は苦し紛れのごまかしにも疑惑を抱かなかったようだ。この男が鈍くてよかった。

それからは、コースが終わるまで周囲の視線が気になって、針の筵《むしろ》に座っている気分だった。せっかくの料理も、ほとんど味がわからない。

ギャルソンだけでなく、有紀を見ていた周りの席の老若男女にも、多かれ少なかれ影響を及ぼしていたことは知らなかった。ある者はグラスを倒し、またある者はフォークの狙いを外してテーブルを突き刺し、そのせいで何組かのカップルの間が険悪になっていた、なんてことも知らなかった。

支払いの段になると、嶋崎は自分がおごると言って聞かなかった。

「僕のためにわざわざ出てきてくれたんですから、当然です」

「特に予定もなかったし、自分も楽しんだから」

「でも、そのぐらいさせてもらわないと、僕の気持ちが済みません」

なかなか意志が固そうだ。ずっと押し問答しているわけにもいかないので、今回はありがたくご馳走になることにする。

「じゃ、今日はご馳走になります。その代り、次は俺に出させてください」

昼食も終わってしまった。今日の予定はこなしたし、店の外でそれぞれの岐路にわかれるのがベストなタイミングだとわかっているのに、「それじゃ、また」の一言が出ない。嶋崎と別れるのが名残惜しい気持ちがあるからだ。

妙な間が開く。こういう時は相手に立ち去ってキリをつけてほしいのに、嶋崎の方もなんだかもじもじしていてぎこちなく、動こうとしない。こちらが動くしかなさそうだ。

（せっかくの休日だから、嶋崎さんにもやりたいことがあるだろう）

そう思って、後を引く気持ちに区切りをつけた。

「それじゃあ、これで」

「はい。今日は本当にありがとうございました」

「次は、嶋崎さんが行きたいところを考えておいてくださいね」

そう言って背を向ける。二、三歩歩いた時、背中に声が掛かった。

「すいぞくかんに」


「水族館に」

「えっ?」

振り向くと、嶋崎は照りつける暑さのせいか赤い顔をしている。

「す、すいません。水族館には、ずいぶん長いこと行っていないので、行ってみたいです」

「ああ。いいですね。涼しいし。じゃあ、今度行きましょう」

再び歩き出したが、背中に視線を感じる。我慢が出来なくなって振り向くと、嶋崎がまだ同じ場所に立っていた。

有紀に向かって頭を下げる姿が、飼い主が出かけるのをしょんぼりとした様子で見送る犬のようで、胸が締め付けられる。もしかしたら、嶋崎はアパートに戻って一人になりたくないのかもしれない。

思わず、こう言っていた。

「割と近くに、夜までやってる水族館があるけど。まだ時間があるようだったら、これから行きます?」

「行きたいです」

嶋崎は間髪をいれず答えた。瞳が急に輝きを取り戻したように見えた。

駅から徒歩二分が売り文句の水族館は、七月の午後のきつい日差しを逃れてきた人々でにぎわっていた。

「やはりカップルが多いですね」

恋愛リハビリ中の嶋崎をここに連れてきたのは良かったのか悪かったのかと気をもんだが、興味深そうに施設内を見回している。

「盛況ですね。畔田さんは、以前ここに来たことがあるんですか」

「はい、前に一度だけ。と言っても、あまり覚えてないなあ」

「デートで？」

「ええ、まあ」

この水族館には、当時つきあっていた男と来た。会社帰りの遅い時間帯に水族館に立ち寄ったものの、中を見て回るのもそこそこに隣接しているホテルの部屋になだれ込み、爛《ただ》れた夜を過ごしたなんてことは、口が裂けても言えない。

「畔田さんの彼女なら、きっと素敵な人なんでしょうね」

「俺、今は決まった相手がいないんですよ」

「本当に？」

嶋崎は意外そうな顔をした。

「前の恋人とは、なんとなくフェードアウト。今は正直仕事で頭がいっぱいで、恋人まで手が回らないかな」

「畔田さんなら、彼女になりたい女性が列を作っていそうですね。そう考えると、今日は一緒にいるのが僕なんかで申し訳ないです」

「楽しいですよ。前に来た時よりずっと」

その言葉に偽りはなかった。

自分から行きたいと言い出しただけあって、嶋崎は子供のような熱心さで水族館を楽しんでいる。そして、気に入った生き物に出会うたびに立ちつくすのだ。水槽をくり抜いたトンネルの中ではエイを飽きずに眺めていたし、クラゲの水槽の前にはずいぶん長いこと立っていた。

そういう相手と一緒にいると、さして興味がなかったはずの有紀にも、この空間がとても愉快なものに思えてくる。こんなに楽しんでくれるなら、あのまま帰らないで連れてきてよかった。

「太刀魚って本当に刀みたいですよね。でもなんで頭を上にして縦になってるんだろう」

特に深く考えもせず有紀が何か言うたび、嶋崎はうなって考え込んだ。別に正しい答えを知りたいわけじゃなく、ただの会話なのに、生真面目に「調べておきます」と言うのがおかしい。

ペンギンのいるコーナーに来ると、有紀は一匹のペンギンのことが気になってしかたなくなった。

「何をそんなに見てるんですか？」と尋ねられて、どうやら結構な時間、一点を見つめていたらしいことに気づく。有紀も嶋崎のことを言えない。

「中に一匹だけ飛び込めない奴がいるんです。ほら、あそこ」

他のペンギンたちが次々と水に飛び込んでいく中で、件のペンギンだけは、飛び込むのが怖いのか、踏み出そうとしては後退している。

「ああ、本当だ」

たいした段差ではないのに、一歩が踏み出せないペンギンの臆病さがもどかしい。前に怖い思いでもしたのだろうか。

（がんばれ。がんばれ）

なんとなく感情移入しつつ、心の中でこぶしを握って応援する。

だが、そのペンギンは結局、段差の少ないところまで移動して水中に入った。軽くがっかりしながら緊張を解く。

（あー。お前、ローリスクな方を選んだな。まあ、水族館にいる限り、高飛び込みができなくたって食いはぐれることはないし。うん、お前はそれでいいよ）

そう自分を納得させていると、嶋崎が有紀を見て笑っているのに気づいた。

「畔田さん、一生懸命あのペンギンを応援していたでしょう」

ばれていたのかと恥ずかしくなった。

「今日一日で、僕の中の畔田さんのイメージがだいぶ変わりました」

せっかく憧れていると言ってくれたのに、だいぶイメージダウンしたに違いないと、少し拗《す》ねた気持ちになる。

「いいです。今さら取り繕っても、どうせ嶋崎さんにはかっこわるいところばかり見られてるし」

「いつだって畔田さんはかっこいいです。ただ、今日はちょっと可愛いなと思って」

「可愛いって……」

(俺なんか、全然可愛くないし)

可愛いという言葉は嫌いだ。第一、体が大きくなる前はいざ知らず、大人になってからそんな風に言われたことは一度もない。有紀がよくもらう褒め言葉は、「かっこいい」「イケメン」「爽やか」、たまに「色っぽい」。可愛いなんていう言葉は、女性や子供や、有紀が相手にしてきたコケティッシュで華奢な青年たちにこそ似合うものだ。

その後、ちょうど開演時間が近くなったので、イルカショーを見ることにした。

有紀たちが席に着いた時はもう結構席が埋まっていて、前から五列目に並んで座れたのはラッキーだった。有紀より前の方の席に座っている人たちは、レンタルの白いレインコートを着ている。

「そんなに濡れるんでしょうか」と嶋崎に聞かれたが、自分たちより後ろの人たちは着ていないから、水が飛んだとしてもそんなに濡れることはないだろうと見当をつける。

「大丈夫じゃないかな。ここ、五列目だし」

ショーが始まると、有紀は一気に引き込まれた。流線型の艶やかな生き物が弾丸のようなスピードで水を進んでいく姿に魅了される。

イルカがどんどんスピードをつけていき、高くジャンプすると、着水の時の水しぶきが思いがけない勢いで客席まで掛かり、有紀と嶋崎はずぶ濡れになった。束になった髪から水滴が垂れている互いの姿を見て、呆然を通り越しておかしくてたまらなくなる。

「なんだこれ。あり得ない」

げらげら笑っている有紀につられるように、嶋崎も声を上げて笑い出した。

「結構濡れましたね」

一度濡れてしまえば、もう後は同じだ。水が掛かるのが楽しみになって、大きなしぶきが飛んでくるたび、他の客と一緒に歓声を上げた。

ショーが終わる頃には、絞るほどに濡れていた。

「はあ。やられたって感じ。どうすんだよこれ」

「面白かったですね。この陽気なら、外に出ればすぐ乾きそうです」

嶋崎はハンカチで有紀の髪を拭き始めた。

「あ、いいよ。ハンカチが濡れるから」

「先週風邪気味だと言っていたでしょう。体が冷えたら大変です」

そう言えば、鼻血を出した言い訳でそんなことを言った記憶がある。本当は嶋崎の生胸に興奮したせいだったのに、その場しのぎの嘘を真に受けて心配してくれているのか。

丁寧に拭いてくれるのが申し訳ないやら、何だか気恥ずかしいやらで、手を伸ばしてハンカチを受け取った。

「これ、洗って返すから」

「いらないですよ。古いものだし」

「そっちも相当濡れてる。あっちでタオルを借りよう」

貸し出し用タオルを係員から受け取って、有紀が濡れた服を拭いていると、嶋崎は自分用に借りたタオルでまた有紀の頭を拭き始めた。

「嶋崎さん、俺はいいから自分を拭いて」

「僕は風邪を引くこともまずないですし、多少古いものを食べてもお腹を下さないですし、体は強い方なので大丈夫です」

古いものは食べない方がいいと思う、と心の中で突っ込みを入れつつ、大きな手で頭を拭かれているという状況が幼い子供に返ったようで、胸の底が落ち着かなくなる。

「畔田さんが冷えるといけないから」と嶋崎が言うので、水族館を後にした。

外に出ると、街は残照に輝いていた。もうそろそろ夜の七時になろうという時刻だ。思ったよりも長い時間水族館にいたようだった。

駅までは目と鼻の先だが、いっぱい遊んだのに、なんだか名残惜しい。まだ別れたくない。そして、自惚《うぬぼ》れではなく嶋崎も同じ気持ちでいるような気がした。

だから、もう少し一日の終わりを先に延ばす提案をしてみた。

「ちょっと歩いたところに行ってみたい古酒バーがあるんだけど。服が渇くまで、飲んでいかない？」

「いいですね」

案の定、嶋崎はすぐに乗ってきた。

居酒屋ではなくそれなりに値が張る店に誘ったのは、そうでもしないと今夜はずるずると長居してしまって、自分で決めた酒量を守れないような気がしたからだ。せっかく嶋崎がこちらに心を許してくれたようなのに、酔いすぎてうっかり口説いたりしてはまずい。

酒は美味しかったし、何より嶋崎といるのが楽しかった。会社の同僚やゲイ仲間と過ごしていてもそれなりに楽しいけれど、こんなに童心に返ったような楽しさを味わったことがない。

「前も言ったけど、俺、嶋崎さんっていいと思うなあ」

嶋崎は少し赤い顔で嬉しそうに笑った。

「ありがとうございます。そんな風に言ってくれるのは畔田さんだけです」

度を越さないように気を付けているとはいえ、アルコールで少し気が弛んでいるせいだろうか、男に対する愛おしさみたいなもので急激に胸が締め付けられたようになる。

モサいしいろいろずれたところはあるけれど、少なくともこの男は善良だ。何より、大好きだった実家のコロに似た笑顔がいい。嶋崎には幸せになってほしい。そのために何かしてやりたい気持ちでいっぱいになる。

「今度安住に合コンセッティングしてもらうよ。あいつ俺より顔が広いから。すぐにつきあうとかじゃなくても、女性とのコミュニケーションに慣れる意味で場数を踏んでおくのも必要なことだと思うんだよね」

有紀の言葉を聞いているうちに、雲一つない青空みたいだった嶋崎の表情がわずかに曇った。

「出会い、欲しくないの?」

「そういうわけではないんですが、今はいろいろままならないと言いますか」

「ままならないって何が」

「インポなんです」

近くの席のカップルがびくっとしたのが視界に入る。

「……えっ?」

「インポなんです」

　聞こえていないと思ったのか、さらに大きい声で繰り返す。聞こえている。ばっちり聞こえているけど、衝撃の告白に驚いただけだ。

「以前、高校の時に水泳をやめた話はしましたよね」

「あ、うん」

「怪我をして、どんなにリハビリを頑張っても復帰は無理だとわかった時、目の前が真っ暗になったんです。ちやほやしていた周りの奴らも当時の彼女も離れていきました。で、代わりにそういう僕に近づいてきたのは、水泳で鍛えた体がいいと言う女性たちでした。相手は非常勤の先生とか、ＯＬに道端でナンパされたり……。ちょっと変な話をしてもいいですか？」

「いいよ」

　というか、ここで話をやめられては気になってたまらない。

　だが、続いて「セックスもすればするほど上達するものなんですね」と嶋崎が言いだした時には、喉の奥から変な音が出そうになった。変な話ってそっちか。そっちの話か。

「若かったし、他にやりたいこともないしで、正直のめりこみました。上達するほど相手の人も喜んでくれたし、いかせることにも達成感があった。最初の女性が知り合いを紹介して、またその人から別の人を紹介されてという感じで、当時は三十人ぐらい、そういう女性がいたでしょうか。予定をさばききれなくて三人をはしごしたこともあるし、複数でしたりもしました」

有紀はこっそりと生唾を飲み込んだ。絶倫、という言葉が浮かぶ。三十人のセフレ持ちの高校生。すごい。どんなテク持ちなんだろうかとつい考えてしまって、聞いている有紀の方が次第に火照ってくる。

（たとえ嶋崎さんがどんな超絶テクを持っていようが、俺がそれを体感する可能性はないから）

でも、それで初対面の時に嶋崎が放っていた男の色香の説明がつく。色気は、やはり色事を数多くくぐり抜けてこそ醸し出されるようになるものだからだ。今は身なりのひどさで嶋崎の性的魅力は隠されているけれども、脱いだらすごい、というのは見た目だけのことではなかったのだ。

「でも、そのうちにそういうのが空しくて仕方がなくなったんです。女の人たちは、僕の体だけに用があるので、会話もせずに部屋に入ってただセックスだけをする。自分がそういう機械にでもなってしまったみたいでした。で、女性たちを全部断ってからは、人目を気にしないで生きていく楽《らく》さに目覚めてしまいました」

そう言って柔らかく笑うけれど、当時の嶋崎にとって、それは見た目まで変えてしまうぐらい大きな挫折だったのだろう。

「そのせいでその、……そういうことになったの？」

「いえ、勃起《ぼっき》しなくなったのは、婚約者だった人と別れてからです」

嶋崎は言いにくい単語を口にする時にも平然としている。無理に自らを鼓舞しているようではなく、本当に気にしていないようだ。恥の概念がずいぶん有紀とは違っているらしい。

「彼女は僕が身なりを構わなくなった後できた最初の恋人でした。その彼女と別れる時、セックスもしつこくて嫌だった、時々痛かったと言われて。僕は口下手な方だし、彼女の前に関係した女性たちにそれだけは喜ばれたから、愛情をこめて奉仕しているつもりでいたんです。自分が鈍い方だという自覚はあったけど、相手が苦痛を感じていたことにさえ気づけなかったのかと、それが一番ショックでした」

婚約者だった女性にとっては本音だったのかもしれないが、別れ際にそんなことまで言わなくてもいいのにとは思う。

「……それっきり？」

「はい」

「自分でも、抜けない？」

「はい。もう少しというところで、どうしても彼女の言葉が思い浮かんでしまって」

そうか。そうだったのか。

自動的に、汐音による「いないいないばあ」で見てしまったモザイクなし画像が蘇《よみがえ》る。

（確かにこの人、平常時でもかなりでかいしな。臨戦状態になったらさらにすごそうだし）

男はどうしても大きければ大きい方がいいと思いがちだが、受け入れる側の意見はそうでもないらしい。

ネコの子たちと話していた時、『二度と巨根の男とはやりたくない！』と怒っていた子がいた。前準備や前戯もそこそこに強引に突っ込まれたとかで、肛門科に行く羽目になったと聞いて戦慄《せんりつ》した。

そこからは大きさよりも硬度がどうの形状がどうの、それよりもテクニックだとかいった下ネタに流れたのだが、寝たことのある子に『ヤるなら有紀サイズまでが限度』と締めくくられたのは、あまり嬉しくなかった。

自分では特に大きくも小さくもない通常サイズだと思うから、コンプレックスもないつもりだ。それでもうっすらと屈辱感を覚えたのは、有紀も男がみんな罹《かか》っている「大きい方が勝ち」幻想に取り憑《つ》かれている証拠か。

（まあ、元カノさんもいろいろ言いたいことをため込んでたのかもしれないけど。それ系のことは男にとって一番傷になるよなあ）

嶋崎の今の状態は明らかに精神的な理由によるものだろう。性的に不能だという事実は、それだけで男の自信を打ち砕くに充分だ。嶋崎が新たな出会いに積極的になれないのも無理はない。改めて、嶋崎にとって元婚約者の彼女とのことが、まだ流血真っ最中の生傷なのだと再確認した気分だった。

「ごめん。言いたくなかっただろ。俺、無神経だった」

「別に謝っていただくようなことはなにもないですよ。勃起障害のことは落課長にも話しましたし、秘密にしているわけでもないですから」

「……落さんも知ってるんだ。ふーん」

嶋崎と落は仲がいい上司と部下だとは思っていたが、何となく面白くない。

「あと、落さんが知ってて俺が知らないことってある?」

「個人的なことはほぼ話したと思います。後は、給与の査定ぐらいでしょうか」

「別にそれは知らなくていいかな」

「どうしたんですか、落課長と張り合ってるんですか。畔田さんは負けず嫌いですか」

嶋崎に笑われて、ガキ扱いされたようでちょっと悔しかったが、「ここまで聞いていただいたのは畔田さんだけですよ」と聞いて溜飲《りゅういん》が下がった。

そこからはもう突っ込んだ話はせずに、和やかに世間話をした。嶋崎は子供でも普通に知っていそうな流行や芸能ネタを知らないため、大真面目でとぼけた返事をすることがあって、有紀は何度も笑った。店にいる間、ずっと笑っていたような気がする。嶋崎も、そんな有紀を見て楽しそうににこにこしていた。

支払いの時にはちょっと揉めた。次は払うと言っておいたのに、嶋崎がまた自分が出したいと言い出したからだ。

「今日は連れまわしちゃったし、ここは俺に持たせて」

「でも」と言い募《つの》ろうとするのを、「おごってもらってばかりだと、もう誘えなくなるから」と言って封じた。

「また会ってくれるんですか？」

「嶋崎さんが、もう懲り懲りって言わないならね」

「嬉しいです」

こちらが照れてしまうぐらい、本当に嬉しそうにする。

この人は人の気持ちがわからない変人のように見せかけて、実は天然の甘え上手なんじゃないだろうか、と有紀はふと思った。三十人斬りの例もあるし、こんな風にいじらしいような気持ちにさせて妙に後を引くのは、タラシの素質があるんじゃないだろうか。

古酒バーを出る頃には、服もすっかり乾いていた。二人ともＪＲだというので、駅まで一緒に歩く。

「畔田さん、今日はとても楽しかったです。ありがとうございました。こんなに笑ったのは本当に久しぶりです」

「俺も。笑い過ぎて腹が痛くなったのは久しぶり」

結婚話が流れて以来、笑うことも少なかったんだろうなと想像する。恋愛指南的な意味合いでは、後半からは目的を忘れて普通に遊んでしまったが、少しでも気晴らしになったのならよかったと思う。

路線が逆なので、ホーム下の階段で別れた。

隣り合ったホームのこちらと向こうで向かい合う。小さく手を振ると、嶋崎が手を振り返してきた。電車を待つこの間が落ち着かないから早く電車が来ないかなと思っていたら、ほどなく有紀のホームに電車が滑り込んできた。

車両に乗り込み、乗車口と反対側の扉の脇に立つと、向かいのホームにぽつんと立っている嶋崎がガラス越しに見える。その姿がなんだか寂しそうに見えて、電車が早く来いと願ったことを後悔する。

発車を告げるメロディ、次いで鋭い笛の音が鳴る。扉が閉まって、ゆっくりと電車が動き出した。お辞儀をする嶋崎に頷き返しながら、向こうの電車が先に来ればよかったのにと思う。見送るのがあの男じゃない方がよかったのに。

帰路の間ずっと、ホームに立っている嶋崎の姿が目に焼きついて消えなかった。

今日の余韻を引きずりながら自分の部屋に着いた時、自分が途中からタメ口になっていたこと、嶋崎が変なシャツを着ていることを全く気にしなくなっていたことに、今さらながら気がついた。

第四章

レッスン2　～女の子には常に優しく～

本社ビルのエントランスを出たところで、メールをチェックする。嶋崎からの返信には、〈八時頃には行けそうです〉とあって、有紀は小さく微笑んだ。

例の洗顔クレイを含むメンズスキンケアラインは、常務クラスへの企画説明を経て、経営会議で正式にゴーサインが出た。

ブランド名も、日本語の「明日」と「透明感のある、輝くような」という意味のイタリア語「キアロ」を合わせた『アスキア』に決まった。

現在は、冬の発売に向けての作業が急ピッチで進んでいる。

嶋崎とは、あれからも最低でも週に一度は会っていた。

水族館に行った日の翌週は、映画を見に行った。挨拶もそこそこに、嶋崎が『太刀魚は水面の餌を待って、縦になっているらしいです。獲物が来ると高くジャンプして捕まえるそうですよ』と言い出したので面食らったが、話しているうちに、水族館で何の気なしに有紀が言った言葉を覚えていて、わざわざ調べてきたのだということがわかった。

嶋崎は、行間を読むようなことは不得手かもしれないが、人の言葉を丁寧に、まっすぐに聞く。駆け引きめいたやり取りを好むタイプとばかりつきあってきた有紀には、嶋崎の単純さが新鮮に映った。

映画の帰りに、お盆休みには実家に帰らないのかと聞いたら、結婚話が流れて両親にも迷惑をかけたので、今年は帰りにくいと言っていた。

有紀の方は、お盆は実家に顔を出して汐音の誕生会に参加した。

嶋崎と一緒に立ち寄ったトイショップで購入したプレゼントは、汐音にも亜紗にも喜ばれたし、実家は居心地がよくて温かったが、みんなで楽しく過ごせば過ごすほど、休みを一人で過ごしているはずの男の顔がちらついて仕方がなかった。

だから、予定を早めに切り上げて、嶋崎を誘ってみたのだ。男はやはり暇にしていたらしく、二つ返事で誘いに乗ってきた。以来、ハイペースで会うことが当たり前のようになってしまっている。

今日などは会社帰りに待ち合わせて、九月までしかやっていないからというのを言い訳にビアガーデンに行くのだから、恋愛指南もなにもあったものじゃない。

暇な学生ではないし、同じ職場の同僚でもなく、恋人同士でもない。会い過ぎだというのはわかっていたが、何となくあの男を放っておけなかった。

「どうした、そんなところでにやにやして」

スマートフォンを握りしめて社屋のすぐ外に立っていた有紀の肩を、馴れ馴れしく叩いてきたのは安住だ。同じタイミングで今日はもう帰るところらしい。

「にやにやなんてしてない」

「いや、してたね。デート？」

「違う。嶋崎さんだよ」

「へーえ。全裸男とまだ続いていたとは驚きだね」

「変な呼び名をつけるなよ。個人レッスンとか言って焚《た》きつけたのはお前だろう」

「まんざらでもなかったくせに。どこに行くんだよ」

ビアガーデンの席を予約している高層ホテルの名前を告げると、「俺もついて行こうかな」などと言う。思わず顔をしかめたら、安住は愉快そうにくっくっと笑った。

「冗談だよ。こっちも先約あり。そんなあからさまに嫌そうにしなくても。で、もう寝たの？」

と声を潜めてくるから呆れてしまう。

「嶋崎さんとはそんなんじゃない。友達なんだ」

「友達ねえ。ユキの歴代のボーイフレンドたちが聞いたら笑い出すぐらいの純情っぷりだな。お前、俺以外に二人だけで飲みに行くような友達っていたっけ？」

確かに、有紀にはこれまで一対一で密につきあえるような友人はあまりいなかった。二人きりで会うと、女性やゲイの男はもちろんのこと、下手をすればノンケのはずの男にも、妙に潤んだ目で見つめられることが多いからだ。

有紀はノンケとは絶対に恋をしない主義だから、お互いに気まずくなるようなことは避けたい。相手が決定的なことを言いださないように牽制《けんせい》していると、楽しむどころではない。それに、有紀に気持ちがないことを悟った相手は、離れていくことが多かった。

嶋崎のようなノンケの男と深い友達づきあいをするのは、自分のセクシャリティを自覚する前の中学の頃以来かもしれない。普通の男みたいに同性の友人とつきあえることが、物珍しくて嬉しいのだろうか。それとも、嶋崎には最初にものすごくかっこわるいところを見られてしまったから、取り繕わずに素に近い状態でいられるからだろうか。

ともかく、嶋崎と会えると思うとわくわくする。今日も少し浮かれていて、料理の油や煙草の臭いが移るとわかっているのに、新しいスーツを下ろしてきてしまった。

安住と会社の最寄駅で別れてから、新宿《しんじゅく》に向かう。

ホテルのラウンジテラスに着くと、もう嶋崎が来ていた。会ってすぐのくすぐったいような気分は、生ビールの最初の一口が喉を通過した瞬間に霧散する。

飲みながらつまみをオーダーした。定番の揚げ物や焼き物。すきっ腹に勢いよく飲んで酔っ払ってはまずいから、腹にたまるバーガーやパニーニも頼むことにする。

ほどなく注文した料理が続々と運ばれてきた。

「嶋崎さん、このスペアリブ美味い。食べてみて」

肉を頬張っていると、男が笑顔で有紀を眺めているのに気がついた。

「何?」

「畔田さんは不思議な人ですね。最初に行ったフレンチの店のような場所がとても似合うと思っていたのに、ここにいればここが一番合うように見える。どこにいても馴染んで見えます」

まさに大口を開けて食べていたところだったから、また「イメージが変わった」と言われるかと恥ずかしくなり、ペーパータオルで口元の脂を拭う。

「本当は、前に言った通り肩の凝らない店の方が好きなんだよ。そんなに俺って気取って見える?」

「そうじゃなくて、雰囲気が洗練されていてどこにいても自然だと言いたかったんです。だから、時々不思議な気分になるんです。どうして畔田さんのような方が僕なんかと会ってくれるんだろうって」

ふと、恋愛指南の色合いが薄れてきつつあるつきあいに嶋崎が疑問を持っているんじゃないかと気になった。

衝撃のインポ告白以来、有紀は『今は嶋崎にとってのリハビリ期間だ』と考えるようになっていた。だから、無理に改造したり女性を紹介したりせずに、将来嶋崎の役に立ちそうなことをアドバイスしたり、できるだけ一人ぼっちの時間を作らないように心がけてきたつもりだ。嶋崎も会えば楽しそうにしているから、これでいいんだと思っていた。

だが、そもそも嶋崎は振られた理由を知る手掛かりを欲しがっていたんじゃなかっただろうか。もしかしたら、失恋したばかりの寂しさが薄れてきて、何故有紀とこんなに頻繁《ひんぱん》に会わなければいけないのかと迷惑に思い始めているのかも……。

「あんまり誘い過ぎ？　恋愛指南なんて焚きつけられたけど、実質役には立ってないし」

「いえ。実を言えば、アパートで一人になるのがしんどい時に誘ってもらって、とてもありがたかったんです。僕を心配してのことだとわかっていたんですが、一緒に過ごすのが楽しくて、つい甘えてしまいました。畔田さんの時間をこんなに独占していいはずないと、薄々思ってはいたんですが」

ありがたかった、と言われて、迷惑ではなかったんだとほっとする。嶋崎のことが心配だったのはその通りだが、密に会っていたのは有紀自身、嶋崎と会いたかったからだ。

「別に無理して誘ってるわけじゃなくて、俺も、嶋崎さんと遊んでると楽しいんだよ。まあ、どっちかに恋人ができたら、こんなハイペースで遊びには行けなくなるだろうけど」

嶋崎は生真面目な顔で、「畔田さん、彼女ができたらそちらを優先してくださいね」と言った。

「夜景が綺麗ですね」

嶋崎に促されて眼下に広がる都心の夜景を眺める。ビアガーデンが催されているのは、高層ホテルの途中階にあるテラスだ。宝石箱の中身を広げたような眩い夜景を眺めながら、夜風に吹かれて飲むビールは格別だった。

「外で飲むビールって、どうしてこんなに美味《うま》いんだろう」

「畔田さんと知り合わなかったら、僕はたぶんこういうところには来ることがなかっただろうと思います」

「それって、嶋崎さんにとっていいこと？」

「たぶん、畔田さんが思っている以上に感激しています」

「それならよかった。そうだ、春になったらオクトーバーフェストにも行ってみようよ」

「はい。ぜひ」

嶋崎が、胸ポケットから例のメモ帳を取り出したのが見えた。きっと、来春のオクトーバーフェストのことを調べておこうと思ってメモしたんだろう、と予想する。有紀が何か言うたびにメモを取るのが最初はとても気になっていたけれど、今ではもうこの光景にも慣れっこになってしまった。

何気なく手元を覗き込もうとしたら、嶋崎にブロックされた。

「見ないでください」

「隠されると余計に気になる」

本気で見るつもりはなくて、覗くふりをしてからかっただけなのに、嶋崎はかたくなにメモを見せることを拒んだ。

「畔田さんが話していたことを書いているので、本人に見られるのは恥ずかしいんです」

心なしか顔が赤くなっている。

「俺、全然たいしたこと言ってないと思うけど」

「そんなことはないです。全部、僕には大事な言葉ばかりです。絶対忘れたくない」

その言葉が妙に胸にきた。

野暮ったくて何にでも大真面目な男。

手書きでメモを取るとか、今日着ている安っぽいスーツだとか。興ざめするような垢《あか》抜けなさだと思うのに、どういうわけか、そのメモがあるシャツのポケットをさも大事そうに見つめる嶋崎を見ていると、切ないような気持ちできゅっとなるのだ。

途中で嶋崎がトイレに立った時、一人になった有紀に若い男が近寄ってきた。

「こんばんは」

明るいベリーショートの髪が細い首筋に良く似合っていて、なかなか色っぽい。その青年が、同類であることはすぐにわかった。

「俺のこと覚えてない？　俺、マコの友達。この後よかったら、遊びに行かない？」

何度か寝たことがある相手の名前をこんなところで聞かされて、動揺を顔に出さずにいるだけで精いっぱいだった。

男の顔に覚えはないが、有紀好みの容姿ではある。自分に似合う着こなしを心得ていて、恋にもアグレッシブ、夜の街を自在に泳ぎ回るタイプ。相手を探している時であれば誘いに乗ったかもしれない。

だが、今はとてもそんな気になれないし、嶋崎が席に戻ってくる前にこの場から立ち去ってほしくて、気が気ではなかった。

「人違いだよ。それに、連れがいるから」

「ほんとに人違いかな？　一緒にいた人、ちょっとあなたには似合わない感じ」

嶋崎の悪口を言われて、冷静を装っていたはずなのにカッとなった。

この男に言われるまでもなく、嶋崎はいろいろな意味で冴えているとは言い難い。でも、素朴で真面目で、話してみると妙なおかしみがあって、一緒にいるとほっとする。それに、嫌なことがあっても人のせいにしないし、人の悪口を決して言わず、とても我慢強い。

絶対に、見ず知らずの人間にバカにされていいような人間じゃない。

「俺、友達のことを悪く言うような人は好きじゃない」

有紀としては例外的に、攻撃的な口調になった。青年は薄い唇を歪《ゆが》めると、黙って自分の席に戻って行った。

これで、有紀がひと頃よく通った界隈《かいわい》で悪口を触れ回られるんだろうなと思うけれど、当分その辺りには行くつもりもないし、何を言われようがどうでもいい。

以前であれば、人の評判は何より気になるところだったのに、いつの間にやら有紀も嶋崎の影響を受けているのかもしれない。

入れ替わりのようなタイミングで嶋崎が戻ってきた。

「お知り合いの方ですか？」

ベリーショートの男の席を振り返っている。戻っていく姿を見たらしい。

「知らない人。俺を誰か知り合いと間違ったらしい」

さっきの男が嫌がらせ半分でまた声をかけてきたらどうしようと考えて落ち着かないでいると、嶋崎に顔を覗き込まれた。

「どうしました？」

「何が？」

「さっきより元気がないように見えるので」

鈍いと思っている男が、案外こちらを観察しているなと思う時がある。

「夏は毎年二、三キロ体重減るんだよね。そのせいかも」

「あのぉ、すみません」

またしても声を掛けられて、今度は何だと身構える。近づいてきたのは、よく言えば華やか、悪く言えば若干お水っぽい二十代前半と思しき女性の二人連れだ。

「もしよかったら、ご一緒させていただけませんか？」

二人ともそこそこ可愛い。けれど、有紀にとって女性と近づきになることにはなんのメリットもない。正直なところ、嶋崎と二人で飲む方がよかった。

だが、さっきの男に女性といるところを見せた方が声を掛けられずに済むような気がする。運が良ければ、本当に人違いだったと思ってもらえるかもしれない。

それに、いつまでも有紀とばかり遊んでいたって、嶋崎に次の展開はない。チャンスを逃さないことは、恋愛にとって最も重要なことだ。ここは、元々の目的に立ち返って、嶋崎のために新たな出会いの機会を作るべきだろう。

有紀が「どうぞ」と言うと、二人連れの女性たちはいそいそと席を移ってきた。

最初に声をかけてきた方の女性は、自分の容姿にも自信がありそうで、有紀にロックオンしているのが見え見えだった。彼女の方が嶋崎に関心を示す可能性はなさそうだ。

もう一人の方は、ファッションやメイクこそもう一人と似たタイプだが、積極的な方に引っ張られている印象だ。彼女一人だけなら逆ナンパもしなかったのではないかと思われた。嶋崎が連絡先を交換できる可能性があるとしたら、こちらだと見当をつける。

建設会社で受付をやっているという彼女たちに、有紀たちの会社で作っている基礎化粧品のブランド名を言うと、案の定乗ってきた。

「それ知ってる！　ホワイトニングのシリーズですよね。会社の先輩がいいって言ってました」

「それは嬉しいな。君たちぐらい若い頃から予防的に使ってもらえると、十年後、二十年後の肌が違ってくると思うよ」

「十年後かあ。使ってみようかなあ」

しばらく化粧品の話を引っ張ったのは、専門分野の話なら嶋崎が乗ってくるかと思ったからだ。それなのに、嶋崎は会話に加わることなくずっと黙っている。

それだけでなく、有紀に食べ物を取り分けたり、空になりそうなグラスの替えを頼んだり。女の子たちそっちのけで、まめまめしく有紀だけの世話を焼き続けるので、だんだん苛々してきた。

嶋崎は気が利かないように見えて、実は有紀の状態には敏感だし、細かく世話を焼く方だ。嶋崎には歳の離れた弟が二人いるそうだから、元々面倒見はいい方なんだろう。二人でいる時に細々と構われるのは嫌ではない。日頃は有紀の方がつきあっている子の面倒を見る側だから、なんだかくすぐったいけれど、大事にされている感じがして密かに嬉しい。

だが、初対面の女性が二人いる席で、有紀ばかりに構うのはどうかと思う。まるで、彼女たちが目に入っていないかのようだ。現に、有紀を狙っているらしい方の子は、変に思っているのか、温度の低い目でちらちらと嶋崎を見ている。

（こういう時ぐらい、女に気を遣えよ。誰のために頑張ってると思ってるんだ。少しは協力しろ）

座を盛り上げるのが自分しかいないので、やむを得ず有紀は女の子二人との会話を一人で引き受ける形になった。

「へえ、畔田さんって企画のお仕事をしているんですか。すごい」

「で、こっちの嶋崎さんが研究部門で新製品の開発をやってるんだ」

なんとか嶋崎を巻き込もうと話を向けてみる。

派手な方の子が品定めするような視線をちらっと嶋崎に向けたが、「あー。確かにバリ理系って感じ」と一言で片づけると、再び体の角度を有紀に向けた。

嶋崎の振る舞いも褒められたものではないが、嶋崎は眼中にないと丸出しの態度は感じが悪い。照準を合わせた方だけにすり寄るような態度もあからさま過ぎて品がない。むしろ、経験値の低そうな嶋崎がこんな子の照準に入らなくて幸いだったかもしれないが。

なんだか、とても嫌な気分だ。さっきの青年の時もそうだったが、日頃は決して沸点の低い方ではない有紀なのに、嶋崎が軽く扱われると、なぜか無性に腹が立つ。

自然に、嶋崎を擁護するような言葉が出た。

「彼が作ったスキンケアシリーズはすごいよ。俺も嶋崎さんも自分で試してみたけど、効果てきめんだったから。そうだよな？」

「今手がけているのはメンズのスキンケアなので、女性には関係ないと思います」

せっかく話題を振ったのに、嶋崎の返しはにべもない。さすがの有紀も何を言っていいかわからなくなってきて、ジョッキを傾ける回数が増えた。

すると、それを見て嶋崎が声を出さずに笑った。

「畔田さん、ビールの泡が口元についてます」

慌てて口元を拭う間もなく、嶋崎が自分のハンカチを出して有紀の口元を拭った。

もう口元の泡は綺麗になったはずなのに、嶋崎はまだ笑いを含んだ目でじっと有紀を見ている。伸びすぎた前髪やメガネに半ば隠されてはいるが、染み入るような、甘いと言ってもいいような視線だと思う。

（こういうの、困る。嶋崎さんは弟にするような気でいるのかもしれないけど）

困るのは、他人の前だから。人前じゃなかったら？　それならむしろ嬉しい。嬉しいから、期待してしまうから、こういうのは困る……。

期待って、何を？

急に、四人掛けの席に自分たち二人だけになったような感じがして、空気が薄くなったような息苦しさを覚えた。

「これ、洗って返すよ」

「古い物ですし、捨ててもらって構いませんよ」

受け取ったハンカチの柄に覚えがあった。水族館に行ったとき、濡れた髪を拭いてくれたあのハンカチだ。あの時も洗って返したからよく覚えている。

そこで、同席している女性たちのことを忘れて二人の世界になっていたことに気づく。はっとして、女性たちの方を見ると、ドン引きしている様子を隠そうともしていない。

どちらにしても、今夜は嶋崎に新しい出会いをもたらすのは無理であるようだ。潮時だと思い立ち上がる。

「俺たちはそろそろ時間だから」

「残念。それじゃ、連絡先教えてもらえませんか」と有紀狙いの方の子が言った。

咄嗟《とっさ》に「面倒だな」と思った。嶋崎のためだったのに、どうして自分が連絡先の交換をしなければいけないんだろう。だが、断るのは角が立つし、相手に恥をかかせる。間違メールの返事で気のないことを悟らせるという、これまでにも数えきれないほどこなしてきた無意味な手順を思って内心うんざりする。

すると、今まで女性に対してはほぼ無言だった嶋崎が、こう言い放った。

「二度とお会いすることはないと思うので、必要ないと思います」

嶋崎を除く全員が呆気にとられたが、有紀にはもうその場の凍りついた雰囲気をどうする気力もない。

ごめんね、と簡単に女の子に謝ると、その場を後にした。聞こえよがしに背中に投げつ

けられた「ホモ」という言葉は聞かなかったふりをする。

配慮というものにまるで欠けた男に次第に腹が立ってきて、先に立って無言で副都心のビルの間を歩く。充分にビアガーデンのあるホテルから離れた頃、ひと気のない場所で、花壇の縁に腰を掛けるよう嶋崎を促した。

「さっきのあれはなんだよ。社会人なんだから、ちゃんとしろよ」

「ちゃんと、とは？」

「あんな態度、彼女たちに失礼だっただろ。好みのタイプじゃなかったにしろ、とりあえずその場を和やかに過ごしてもらう程度の気遣いがどうしてできないんだよ」

「畔田さんは先程の女性の連絡先を知りたかったんですか？」

どうしてそういう話になる。

「教えたくないように見えたんですが、僕は余計なことをしたんでしょうか」

「確かにちょっと面倒だなと思ってはいたけど」

論点はそこじゃない。だが、心配そうにしていた嶋崎の顔がパッと明るくなる。

「やっぱり。そうだと思いました。最近僕は、畔田さんがにこやかにしていても、内心では困っていたり機嫌が悪い時にはわかるようになりました」

そんなに得意げにされても、自分では上手に繕えているつもりだったから嬉しくない。

「……俺ってそんなにいろいろとバレバレ？」

「いえ、きっとほとんどの人にはわからないと思います。自分で言うのもなんですが、僕は興味のあることには観察眼が働く方だと思うので」

有紀には興味があるということか。うっかり舞い上がりそうになったが、嬉しがっている場合じゃない。今は、常識に欠ける男の反省を促す場面だ。

「俺のことはどうでもいいんだよ。せっかく嶋崎さんが女の子と知り合うチャンスだと思ったのに」

「もしかして、僕に恋愛のチャンスをくれようとしたということでしょうか？」

「そうだよ。それなのに、全然乗り気じゃないし、女の子を無視するし。俺には細かく気を遣ってくれるだろ。そういう気遣いを、どうしてあの女の子たちに対してもできないのかって言ってるんだよ」

嶋崎は少し首をかしげて考える風だった。

「畔田さんは僕にとって大事な人だけど、彼女たちはそうではないから？」

「知り合ってみたら、あの子たちのどっちかがこれから大事な人になったかもしれないだろう。それに、ああいう場では男が協力して場を盛り上げるのがマナーなんだよ。それとも何かが気に障ってた？　逆ナンっていうきっかけが嫌だったとか？」

「知らない人が来て、ちょっと嫌だなと思ったのは本当です。それに、彼女たちは畔田さんと話したそうにしていたので、僕が黙っていても問題ないかと思ったんです。それがマナーに反していて畔田さんの気に障ったなら謝ります」

　彼女らの気に障ったことはどうでもいいのか。黙っていても問題ないと思う神経がわからない。

「あのさあ。嶋崎さんには出会いに何か夢とか理想があるのかもしれないけど、恋愛なんて、きっかけはどんなんだっていいと思うよ。相手のちょっとした部分に感動して、そういう破片が消えないで結晶みたいに育っていったものが、恋だと思うんだよ。いきなり運命を感じる必要なんてないと思うんだ」

「本音を言えば、今は畔田さんと遊んでいる方が楽しいです。僕は、誰かと出会わなければだめなんでしょうか」

　真顔で問いかけられると返事に詰まる。

　でも、嶋崎は有紀とは違う。ノンケで、結婚願望がある。家庭を持ったら脇目もふらずに大切にしそうな男だと思うし、興味の範囲がごく狭く、その分深いだけに、誰か可愛がる対象がいた方が安定するような気がする。

「だめじゃないけど、出会いを拒絶することもないだろ。嶋崎さんは、恋愛脳が休眠状態になってるんじゃないか。何でもいいんだよ、パーツが綺麗とか仕草が可愛いとか。小さな心の揺れを大事にしているうちに、その中で本物に育つものもあるんじゃないかな」

　嶋崎が口の中で小さく、心の揺れ、と繰り返した。

「じゃあ、練習ね。さっきの子たちなら、どっちがいいと思った?」

「どちらも同じように見えましたが」

女が二人いれば、ノーマルな男なら無意識に品定めするものじゃないのか。有紀なら、恋愛対象になりそうな男が並んでいたら当然そうする。この男の恋愛脳は眠っているどころか死に絶えているんじゃないのか、と頭が痛くなってきた。デート場所にいい店がどうのというより前に、嶋崎には根本的に何かが足りないような気がする。

「畔田さんです」

「俺が何?」

「あの場で強いて選べと言われれば、畔田さんです」

「へっ?」

思わず間抜けな声が出た有紀に向かって、嶋崎が真顔で言い切る。

「さっき同席した彼女たちより畔田さんの方がずっと綺麗だと思います」

「……」

(あの場で恋愛対象を選ぶなら、俺?)

物凄いことを言われてしまったような気がする。これはつまり告白なのか。

どうしよう。めちゃめちゃ嬉しい。

有紀の脳内で鐘が鳴り響き、薔薇《ばら》が見る間に咲き乱れ、白い鳩が一斉に飛び立ち……。

「僕が最近感じた一番の感動は、畔田さんの肌です。さっきの女性たちは、メイクが濃いせいか肌荒れがあった。畔田さんの方がずっと綺麗です」

また肌の話かよ！　と心で叫ぶ。そう言えばこの人は重度の肌フェチだった。フレンチレストランで、有紀の頬に触っているだけでトリップしてしまったこともある。

鐘は割れて落ち、薔薇は散り、鳩はどこかに行ってしまった。

ノンケとわかっている相手の言葉をいちいち別の意味かと思って飛び跳ねるこの心臓が悪いのだ。まだばくばくしている。

「あのね、嶋崎さん。今みたいなのは人前で言ったらまずいから。誤解されるから」

「誤解？」

この男にははっきり言わなければわからないようだ。

「ゲイだと思われる。って言うか、たぶん既に思われてると思う。さっきの二人連れにも、うちの職場の連中にも」

嶋崎はぽかんとした表情になった。

「えっ？　どうして？」

（どうしてじゃねえよ。逐一説明しなくちゃわからないのかよ）

「会議の時、畔田さんは俺の肌が綺麗だって言ってくれただろ。それでその、嶋崎さんがその……俺に気がある、みたいに思った人もいるらしいんだよ。さっきだって、俺のことばっかり構ってるし、俺の方ばっかり見てるし。誤解する人もいるってこと」

自分でこんなことを説明しなければならないなんて、なんという羞恥プレイだ。

嶋崎のＯの字の形に開いた口を、顎を押し上げて閉じたい。長い沈黙の後、ようやく嶋崎が口を開いた。

「僕はゲイではないです」

「知ってる。だからこそ余計に、誤解されたら損じゃないか。気持ち悪いとか思われたくないだろ。普通、男が男に対して綺麗だとかいう言葉は使わないから」

嶋崎は虚空を見つめてぶつぶつつぶやき始めた。

「普通は言わない……気持ち悪い……」

ぎょっとするほど暗い顔をしている。

「いや、そこまで考え込まなくても」

とりなすように言ってみたが返事はない。しばらく居心地の悪い沈黙が続いた後に、嶋崎は思い詰めた顔でこう言った。

「僕の言動で気分を悪くさせていたんですね。すみません。僕は言葉をあまり知らないので、不適切なことを言っていたのかもしれません」

「別に気を悪くとかしてないよ。一般論ではそうかなってことで」

「今後は、綺……適切でない発言は控えるように努力します。畔田さんが不快に思うことをまた僕が言ったら、その場で教えて下さい。信じてほしいのは、僕は決して畔田さんに対していやらしい気持ちは持っていないということです。僕にとっての性的な対象は百パーセント女性です。だから、気持ち悪いとは思わないでください」

つまりは百パーセント、有紀とはそういう関係になる可能性はないということだ。

有紀を安心させたくてそう言ったのだろうが、そう断言されることは性的な魅力を一切感じていないと言われたも同じことで、期待した後だけに悄然とした気持ちになる。

別に、有紀の方だって嶋崎をそういう意味で好きなわけではない、はずだけれど。

「大丈夫、俺は嶋崎さんのことを信頼してるから」

「それでは、これからも会ってもらえますか?」

「もちろん。せっかく調べてリストアップした店だって、まだ半分も回れてないし」

有紀の言葉を聞いて、嶋崎はやっとほっとしたように笑みを浮かべた。

そこで、有紀は嶋崎に女性とのコミュニケーションの取り方をかいつまんで話した。それは、ある程度技術でカバーできるものなのだ。

会話は基本的に否定から始めないこと。女性をエスコートする時の簡単なルール。会話の中でさりげなく褒めるコツや、外した時のリカバリーの仕方。

二十八年生きてきて、それなりに社会にもまれていれば、ある程度は身についていそうなことばかりだったが、嶋崎はまたもメモを取り出してそれを書きとめるのだった。

「東京《とうきょう》タワー？　スカイツリーじゃなくて？」

「はい。久しぶりに行ってみたいです」

ビアガーデンに行った日から十日ばかり経った土曜日のこと。嶋崎が珍しく場所を指定して行ってみたいと言い出したのがそこだった。

いざ朱色の鉄塔の下に立ち、上に行くにしたがって細く絞れていく曲線を見上げると、思っていた以上の高さがある。前に来てから何年ぶりになるのかも覚えていない。

「ここって確か、大展望台までは階段で登れるんだよな」

「行ってみますか？」

係員に「途中で引き返すことはできません」と脅されて少し怯《ひる》んだが、後には引けない。

高所恐怖症の人は足がすくみそうな外階段を上っていくと、最近運動らしい運動をしていない有紀は次第に息が上がってきた。

「きついですか？」

全く呼吸が乱れていない嶋崎が妙に余裕の表情で笑うのが悔しい。

「きつく、ない。ちょっと、息切れ、するだけで」

有紀たちの上を行く学生らしきカップルの女の方が、笑いながら文句を言っている。

「まだ半分とかあり得ないんだけど！」

「お前がデブだからだろ」

連れの男は意地悪を言いながらも、手を引っ張ってやっているのが微笑ましい。

嶋崎もつられたように手を伸ばしてきたが、途中で戸惑ったようにその手を引っ込めた。

前回『ゲイだと思われる』と言ったのを気にしているのかもしれない。

ほんのかすかに、残念だなと思う。誰も見ていなかったら、前を行く無邪気な若いカップルのように、ちょっと手を引かれて上ってみたかったような気がする。

六百段を上りきって見晴らしのいい大展望台に出た時には達成感があった。

「あっちぃ……。運動不足やばい。またジムでも通うかな」

「運動なら、水泳はどうですか？」

唯一と言っていいウィークポイントを突かれて「うっ」となった。

「俺、泳ぎはまるでだめなんだよ」

「それなら僕が教えますよ。これでも、アルバイトでインストラクターをしていたこともあるんです」

「でも、この歳で全然って恥ずかしいだろ。プールで溺《おぼ》れたらかっこわるいし」

有紀は器用貧乏と言われるぐらい、何でもそこそこなしてしまう方だ。草野球チームの助っ人でも、バーテンダーのピンチヒッターでも。唯一の弱点が水泳だった。

できない自分を誰かに見られるのは恥ずかしい。これまで、泳ぐ可能性のあるイベントは慎重に避けてきたのだ。会社のみんなも、ゲイ仲間も、きっと有紀が泳げないなんて信じないだろう。

「大人でも泳げない人はいっぱいいますよ。それに、畔田さんはきっと、何をしていてもかっこわるくはならないでしょう。頭にパンツをかぶって腹踊りをしてもかっこよく見えるはずです」

（なんだ、その仮定は。そんなこと一生するか）

それにその状態でかっこいい人なんかこの世に存在しないだろう。

「俺、子供の頃に溺れかけたことがあって、それ以来、水に顔をつけるのも怖いんだ。こんなんでも本当に泳げるようになる？」

「保証します。絶対怖い思いをさせないように僕が支えます」

「……じゃあ、そのうちお願いしようかな」

「はい、その気になったらいつでも言ってください。僕でも畔田さんの役に立てそうなことがあってよかったです」

嶋崎の、ぴかっと輝くような笑みが眩しく見えた。

大展望台から一番上の展望室まではエレベーターで上った。ガラス窓から見える空は胸がすくように青く、ブロックでできた街並みのような可愛らしいビル群が広がっている。

「わあ。いい眺め。富士山《ふじさん》見えるかな」

窓辺に近づいた有紀は、嶋崎が後ろにいないのに気づいた。見れば、大きな梁《はり》の後ろに隠れるようにして立っている。不審に思って嶋崎の傍に戻った。

「そんなところでどうしたんだよ。景色を見ようよ」

「……彼女が」

その喉から出た声は酷く掠《かす》れて小さく、嶋崎の声ではないようだった。

「別れた彼女がいます」

教えられた先に、女がいた。小柄で、髪をハーフアップにして、水色のワンピースに薄手の白いカーディガンを羽織っている。どこと言って特徴のない平凡な容姿。

女は一人ではなかった。晴れやかな笑みを向けている視線の先には、女よりだいぶ若く見える男の姿があった。二人は手を繋いでいる。

この場にいてはいけないと咄嗟に思った。

嶋崎が相手と顔を合わせるような場面を作りたくない。会話に困る嶋崎を見たくない。

「行こう」

嶋崎の背中を押してエレベーターに押し込む。

地上階へ下降している間にも、はらわたが煮えて仕方がなかった。

嶋崎は不意打ちのような別れと彼女の責める言葉に戸惑って、今日までずっと理由を探していた。混乱して、自分を責めて、勃起障害にまでなっている。

（なんだ。婚約破棄して数か月で、もう男を作ったのか。って言うより、もしかしたら二股かけてたのかも）

あんな女。別に美人でもスタイルがいいわけでもなんでもない、どこにでもいそうな普通の女だった。あんな女のどこがよかったんだ。

一つだけ言えることがある。あの女だろうと、他の誰だろうと、嶋崎みたいに善良で純粋な男に、こんな思いをさせていいはずがない。

タワーの外に出ると、照り返す日差しで目を射られた。ずっと黙っていた男が、沈んだ声で言った。

「すみません。今日は帰ってもいいですか」

「そうだ、俺の部屋で飲み直そうか。酒とつまみを買って帰ろう。なんか笑えるＤＶＤとか借りてもいいし」

気分を引き立てようと言ってみたが、嶋崎は「一人になりたいんです」と言った。

「……ああ」

有紀にも覚えがある。同情されることがわずらわしく思えるほど、気持ちが閉じているのだ。有紀がそばにいることも、きっと嶋崎の惨めさを増幅させている。嶋崎が望むのなら、ここはいったん一人にするべきだ。

「じゃあ、今日はこれでお開きにしようか。また、連絡するから」

そう言って、背中を向ける。五歩、十歩と、脚を運んだ分だけ嶋崎から遠くなる。振り返ると、さっきと寸分たがわぬ姿で項垂れている嶋崎が見える。

放っておけない。置いていけない。

有紀は引き返して嶋崎の前に立った。

「やっぱり一人にできない。何も言わないし、無理にしゃべらなくてもいい。俺のことは観葉植物かなんかだと思ってくれていいから」

自分でもバカみたいに思えるぐらい必死な気持ちでそう言うと、嶋崎はぼんやりした目をしたまま、困ったように少し笑った。


こういう時にはビールより強い酒だと、ウィスキーのボトルと氷、つまみになるものを買った。自分の部屋に半ば強引に連れてきたものの、部屋に着いて以来、嶋崎は本当に有紀が見えなくなったように黙々とグラスを傾け続けている。

観葉植物扱いでいいと言ったのは有紀だけれど、空気が重くて、気づまりでたまらない。連れてきたのは失敗だったかもしれない。

ずっと黙っていた男が口を開いたのは、水割りを三杯飲み干した時だった。

「今日は彼女の誕生日で、三年前の今日、東京タワーに一緒に上ったんです。一番上の展望台の上で結婚の申し込みをしたら、彼女は頷いてくれた」

自分の存在が迷惑以外の何物でもないんじゃないかと思いながら、心を閉ざしている男の傍にいるのは、結構しんどいものだ。だから、言葉を発してくれただけでほっとした。

「ああ、それで今日、あそこに行きたがったんだ」

（それは、彼女との思い出に浸るため？　それとも、万が一にでも彼女と再会できると期待していたから？）

いずれにしても、嶋崎が期待していたのとは真逆の一日になってしまったに違いない。

有紀に話すことで少しでも楽になるのならいくらでも、一晩中だって聞くつもりだ。

「彼女が、別れる時に言ったんです。僕といると、太くてまっすぐな道を歩いているようで安心だった。でも今は、どこまでも先が見えるその道を死ぬまで歩くのかと思ったら、たまらない気持ちになるって。僕には、彼女の言葉の意味がわからなかった。先の見通しがつくことのどこがいけないんだと思ったんです」

その反動があの若い男というわけか、と有紀は唇を噛んだ。

嶋崎にプロポーズされた同じ日、同じ場所に、新しい男と来ることはないのに。聞けば聞くほど、嶋崎の元彼女が嫌いになっていく。彼女と一緒にいた男は、どう見ても二十二より上には見えなかった。下手をすれば学生かもしれない男といる方が、婚約までしていた男との堅実な人生よりよかったというわけなのか。

「嶋崎さんが正しいよ。見通しがつく方が、つかないよりずっといいに決まってる。そんなの、自分を悪者にしないための詭弁《きべん》じゃないか。全部真に受けることないよ」

別れ話をした時にはもう、あの男とつきあっていたかもしれないのに。

「でも、僕には今日やっとわかったような気がするんです。彼女は、ときめきが欲しかったんですね。次の角を曲がったら何が見えるかわからないっていう。僕との関係の中にはもう、そういうものを一つも見つけられなくなっていたんでしょう。僕は、彼女の中にそんな情熱が眠っていたことにも気づいてあげられませんでした」

自分を責めるみたいな言い方をしないでほしい。

こと恋愛に限って言えば、確かに、正しいか正しくないかはあまり意味をなさない。予定調和の域を出ない男や、好かれようと女の言いなりになるような男よりも、予想のつかない形で心を揺さぶってくる相手に、女性は惹かれるものだろう。

だからといって、彼女の心変わりの原因を全部自分のせいにするのは間違っている。

「彼女は綺麗になっていました。僕といる時には、さっきみたいな女らしい服は着たことがなかったし、人前で手を繋いだりするのは嫌だと言っていたけれど、それは僕とはそうしたくないという意味だったんですね。あんな風に笑う彼女を、僕は見たことがなかった。

……彼女が幸せそうでよかった」

数か月前に別れた女にはもう恋人がいて、そんな場面を見てしまったというのに、どうしてそんなに達観したような顔をしているんだろう。

「……なんだよ､それ。なんで怒らないんだよ。腹が立ったら怒れよ。哀《かな》しいなら泣けよ」

自分を捨ててさっさと若い男に乗り換えた元彼女が「幸せそうでよかった」なんて言う嶋崎にも腹が立つ。そんな女、こっちから見限ってやれ、と肩をどつきたい気分だ。

「腹は立たないです。僕が人の心の機微に疎いせいで、彼女を酷く傷つけてしまったと思っていたから、向こうはもう前に進んでいるんだと知ってほっとしたというのが一番近いです。ただ、何だか気が抜けてしまって、……ただ今は、ほんの少しだけ」

寂しいです、と嶋崎がつぶやいた。

男の寂しさの波動が、部屋の中いっぱいに広がって、有紀の心にも不穏な波をたてる。

本当は、彼女の心変わりの理由なんていくら考えたって嶋崎が救われないことは、恋愛指南を頼まれた最初からわかりきっていたことだった。

溺れて、あがいて、何度も息もできないような苦しみをやり過ごす。もがくのをやめた時、いつの間にか水面に浮かんでいる自分を発見する。捨てられた側は、そんな風にしてしか自分の恋を閉じられない。有紀にできるのは、溺れている嶋崎がつかまれるための木切れか何かになることぐらいだ。

（男をてっとり早く慰める方法なら知っているのに）

そう。よく、知っている。

こんなことを考えてしまうのは、もうアルコールが回ってしまった証拠だろうか。

水割り二杯程度では、タガが外れる許容量には全然届かないというのに、心と体がぐらぐら揺れる。全身にまつわりつく寂しさが、嶋崎に一種の色気を与えている。そして、今の嶋崎には隙がある。酔ったとすれば酒にではなく、この状況にだ。

「俺におっぱいがあればよかったな。そうしたら、胸で泣かせてやれたのに」

有紀は、自分が確かに性欲をかきたてられていることを自覚する。

嶋崎と再会するまでは嶋崎に焦がれて他の男が目に入らなかったし、再会してからも嶋崎と会うのが楽しくて、セックスのために他の男と会う時間が惜しかった。

どれぐらいベッドで誰かと抱き合っていないだろう。もう半年ぐらいになるだろうか。

体の深部で燃えはじめた欲望が、有紀にもっと際どいことを言わせたがる。

「それに、一晩体で慰めてもやれたのに」

驚いたように嶋崎の目が見開かれ、その表情がゆっくりと緊張をはらんでいく。

押し倒せば、なし崩しにセックスに持ち込むことは可能な気がする。

(そう言えば、この人勃《た》たないんだっけ)

嶋崎が勃起しなくても、快感を与えられる方法はいくつもある。そして、そんなタイミングはおそらく、今を置いて他にない。

——『その気になった時の有紀って、雰囲気からガラッと変わって、ものすごくやばい顔するんだよね。それが好き。犯してやろうか、って目で言われてるみたい』

何度か寝たことがある男に言われた言葉だ。自分ではわからないが、きっと今もそういう顔になっているんだろう。

心拍数が上がっていく。膝でもう二、三歩近づき、肩を押して体重を掛け——。

（……できるかよ）

いくらシミュレーションしたって、実行に移せるはずがない。

自分が女なら、あるいは嶋崎がゲイなら、体を交えることができそうなチャンスを逃したりはしない。迷いもしないだろう。

でも、有紀は同性で、同じ会社に勤めていて、嶋崎の友人だ。だから、できない。

この関係が壊れるとわかっていて前に進めるほど若くはないし、事の後で嶋崎がより深い穴に落ちると知っていて自分の欲を通せない。そして何より、傷ついた男につけこみたがる自分の邪さを、自分が一番許せない。

（安住が聞いたら、ヘタレって呆れるんだろうなあ）

有紀は、欲望を小さく畳んで奥底に閉じ込めた。

呼吸をするのも忘れているようにして、有紀の顔を見つめていた嶋崎が、体の緊張を弛めてため息をついた。額にうっすらと汗が浮かんでいる。

「びっくりした。凄いことを言いますね。畔田さん、酔っているでしょう」

「そうかも」

「畔田さんが男の人でよかったです」

「どうして？」

「もしも畔田さんが女性だったら、たいへんな美人に違いないですし、そういう人に誘われたら僕だって断れる気がしません。優しさにつけ込んでしまいそうな気がします。畔田さんは僕にとって大事な人なので、同情でそんなことはさせられませんから」

仮定の話なのに、そんな風に言われると、情欲も露わに自分に覆いかぶさってくる嶋崎を想像してしまって、腹の奥が重くなる。

(凄いこと言ってるのはそっちの方じゃないか)

「あっ。大丈夫だった」

嶋崎が、急に何かを思いついた様子になる。

「何が？」

「そうでした。うっかり失念していましたが、僕はインポだったんだ。なので、畔田さんが女性でも襲う心配はありません。安心してください」

「そんなに晴れやかな顔で言うことじゃないだろ」

仮定の話にバカみたいに真面目に反応する男がおかしくて笑っているのに、泣きたいぐらいの愛おしさがこみあげてくる。

エロスイッチが入るほど酔ってもいないのに、この人を体で慰めたいと思う。この人に触れたくて、触れてほしくてたまらない。今ならつけこめると感じているのに、ここまでこの男に伸びて行きたがっている指を押しとどめている理由は何だ。

情欲よりもっと強い想いがそこにあるからだ。

（……ずっと、気をつけてたんだけどなあ）

異性に惹かれる男に恋をするつらさも惨めさも、二度と味わいたくないと思ってきた。

職場恋愛もノンケとの恋も、有紀にとって最も避けたいもので、細心の注意を払って、嶋崎にそういう意味で惹かれないようにしてきたつもりだったけれど、この気持ちの意味に、これ以上気づかない振りはできそうもない。

恋をしている。

全然好みじゃないはずの、みっともない服を着たこの垢抜けない男に、覚えがないぐらい深く、望みのない恋をしている。

夢中だ。首ったけだ。べた惚れってやつだ。

いつから？　たぶん最初から。

そしておそらく有紀は、この想いを一生告げることはない。

「彼女のどんなところが好きだった？」

「見た目ではない僕を好きになってくれたところ」

有紀の問いかけに、嶋崎はきっぱりと答えた。

「でも、彼女は僕に不満があったんですよね。彼女をすごく好きなつもりでいたのに、急に自分の気持ちまで見失ってしまったみたいだ。自分を好きでいてくれたこと以外、彼女のどこが好きだったのかな。本当に好きなら、自分を好きでいてくれなくなっても好きでいるはずでしょう」

「どうかな。気持ちを返してくれない相手を想い続けるのは、やっぱりつらいことだから、いつまでも好きでい続けることは難しいんじゃないかな」

「なんだか、失恋がやっと遅れてやってきて、腑《ふ》に落ちたみたいな感じなんです」

「それでいいんだよ。心の器がいっぱいになっていると、新しい感情が入ってくる隙間がないから、少しずつ元カノさんとのことを過去に送ってやれれば、次の恋は案外すぐそばに来てるかも」

あえて明るい口調で励ました有紀を、嶋崎がまたあの染み入るような視線でじっと見つめてきた。嶋崎に他意はないとわかっていても、この目で見つめられると、気持ちの裏側がざわざわしてしまう。

「畔田さんには情けないところを見せたくないと思っていたんですけど、やっぱり一緒にいていただいてよかったです」

「そっか。無理に連れてきたけど、俺に話して少しでも楽になったならよかった」

「それもありますが、畔田さんが過激なことを言うのでびっくりしたら、くよくよしていたことも吹っ飛んでしまいました」

「こういうのもショック療法になるの？」

顔を見合わせて笑ったことで、リラックスした雰囲気が戻ってくる。嶋崎はだいぶ吹っ切れたらしく、すっきりした顔になっていた。

「嶋崎さんは、自分で思っているほど人の心の機微に疎くはないと思うよ。俺はぐっときたことが何度もある」

「本当ですか？　いつだろう」

「内緒」

わざと秘密めかして含み笑うと、嶋崎も「教えてくれないんですか？」と微笑んだ。

これでいい。有紀には、この男の友情だけで充分だ。嶋崎が幸福になってくれさえすれば、それ以上何も望むものはない。

「大丈夫だよ。嶋崎さんが今度こそ理想の恋人に出会ってうまくいくように、俺も本腰入れて頑張る。社内で『抱かれたい男ナンバーワン』とか言われるようになるぐらいまで、全力で応援するから」

絶対、何とかしてみせる、俺は嶋崎さんの応援団だから、とまるで本物の酔っぱらいみたいに、同じようなことを言葉を変えて繰り返す。

「やっぱり酔ってるのかなあ……」

嶋崎は、そんな有紀に戸惑うように、小声でつぶやいた。


泊まって行けばと言った有紀の言葉を断って、嶋崎は帰って行った。

あまり本を読まないらしい嶋崎が何か貸してほしいと言うので、本を選ばせたら、流行作家のミステリーなどではなく、本棚でほこりをかぶっていたアミーチスの『クオレ』、ドーデの『風車小屋だより』、アンデルセンの『絵のない絵本』を選び出した。短い話がたくさん入っているものを選んだのだろうが、有紀が少年の頃に読んでいたそれらの古い本たちは、なんとなく嶋崎には似合っているような気がした。

一人になった部屋で、ジーンズのポケットに手を入れる。洗ったまま返しそびれていた借り物のハンカチが手に触れる。

一度目は水族館で、二度目はビアガーデンで、有紀を拭ってくれたあのハンカチだ。返さないでいいと言われたけれど、今日こそは返そうと思って持って行ったのだ。

でも、さっき片恋を自覚してから、これを返さないと心に決めた。

(捨ててもいいって言ってたから。大事なものならそんな風に言わないはずだし、もう忘

れているかもしれないし、……だから）

嶋崎が相応しい人と幸福になることを願う気持ちは、掛け値なしの本物だ。どんなに胸が痛んでも、それを見届けるつもりだし、そのためにはどんな助力も惜しまない。

だから、このハンカチだけは自分の物にさせてほしい。いつか嶋崎が、有紀でない他の誰かを優しく拭ってやるとしたら、これではないものにしてほしいと思ったから。

ハンカチを口元に当ててみたが、既に洗ってしまったそれは、有紀がいつも使っている洗剤の香りしかしなかった。

第五章

レッスン3　～構わないイケメンは身綺麗なフツメンに劣る～

あれから有紀なりに、どうやったら嶋崎が彼に相応しい女性と出会って交際に発展できるのか、真剣に考えてみた。そして、「見た目の改善が急務である」という、当たり前といえば当たり前すぎる結論に至った。

有紀自身は、冴えない身なりを見慣れてしまったし、嶋崎を好きになってしまったこともあって、もはやその外観が気にならなくなっている。どんな服を着ていようが、嶋崎は嶋崎だ。

だが、今の嶋崎では、どう考えても初対面の女性に受けない。

理想の恋人をゲットするには、まず自分の魅力を高めること。出会いの場を増やすこと。そして、つき合いが続くようにコミュ力を高めること。

第一印象を決めるのは、何と言っても外見だ。特に恋愛では、どんなに中身がよくたって、その第一関門を突破できなければ、中身を知ってもらうところまでも行きつかない。

この件に関しては、恋愛指南を頼まれた当初考えていた通り、プロである末の姉・朱実の助力を頼むつもりでいた。朱実はパーソナルカラーやファッション、ヘアメイクの指導やアドバイスを行うトータルビューティーサロン、『ラリュール』を開いている。

問題は、ファッションにまるで関心がない嶋崎を、どうやってその気にさせるかだ。

朱実の話をしたところ、案の定反応が鈍い。本人が確信犯的にモサいルックスを選択しているところもあって、風采《ふうさい》が上がらないことによるコンプレックスや卑屈さがない。それだけに、特に外見を改善したいという願望を持っていないのが厄介だった。

有紀に押し切られてその場だけ見た目がよくなったけれど、家に帰れば元の木阿弥《もくあみ》、ではだめなのだ。自分でも身綺麗にしている方が気分がいいと思うようになって、意識から変わってくれなければ意味がない。

ところが、予想外の角度から、嶋崎も重い腰を上げざるを得ない状況がやってきた。

有紀と嶋崎が企画開発に携わったメンズスキンケアの新製品『アスキア』は、年末の発売を前に、現在テレビCMや駅貼り広告などの宣伝が準備されている最中だ。薬品会社のイメージ的な強みを生かし、ビフォーアフター的な効能重視の宣伝を展開する予定になっている。

広報部からは、ファッション誌の取材を企画者の有紀が受けるようにと要請があった。

「畔田くんに出てほしいのは、表向きは企画立案者でプロジェクトのリーダーだからだけど、写真映えしそうだというのが一番の理由なのよね」と言った広報部の先輩に、有紀はこう提案した。

「出るのは構わないんですが、むしろ『アスキア』をメインで担当してくれた研究センターの嶋崎さんを推したいです」

　商品の特性上、その方がふさわしいと思ったのが最大の理由だが、全力でこのシリーズの開発に当たってくれた嶋崎をもっと前面に出したいという思いがあった。結局、有紀と嶋崎の二人で取材を受ける方向で話が決まった時、有紀は嶋崎にこう宣言した。

「せっかく載せてもらったプレス記事で『アスキア』のイメージを下げるようなことがあっちゃまずい。俺も嶋崎さんも最後まで自分ができるだけのことはしようよ。取材が入るのは今月末。それまでに嶋崎さんを、この商品を使ったらこんな風になれるんだと思ってもらえるような見た目に変えるから」

「畔田さんだけで出ていただいた方が、イメージを壊さないと思うんですが」

　嶋崎はあくまで消極的だ。この男の琴線に触れるには、今回の商品ラインへの愛着と思い入れを突くのが一番だろう。言葉を選び、気合を込める。

「このシリーズは、俺と嶋崎さんの子供みたいなもんだろう。『アスキア』のために俺たちがしてやれることは、もうほとんどないんだ。最後に一緒にできることをやって、少しでもいい状態で世の中に出してやりたいと思わないか？」

「『アスキア』は、僕と畔田さんの子供……」

嶋崎は目を丸くしてつぶやくと、表情を改めて頭を下げた。

「最後にできること、したいです。どうぞよろしくお願いします」

有紀は心の中で密かにガッツポーズを決めた。


「よくここまでというほどむさくるしいわね。なんなの。モテ避けか何か？」

横浜《よこはま》にある朱実のサロンで、末の姉が嶋崎を見て開口一番、バッサリと切って捨てた。

「もてよけとはどういう意味ですか？」

初めて会う朱実にいきなりむさくるしいと言われた男は、面食らっているようだった。あらかじめ『姉は毒舌だから気にしないで』と伝えてあるが、嶋崎が気を悪くするんじゃないかとはらはらする。

「だって、元は悪くないじゃない。骨格も秀でてるし、パーツも悪くないわ。だから、あえてやってるようにしか見えないってこと」

もっさりした見た目に慣れ過ぎてしまって、嶋崎が見た目を構えば相当イケる男だということを忘れそうになるが、さすが朱実だ。迷える人々のイメージアップを手伝う仕事をしているだけに、嶋崎の持って生まれた素材の良さを瞬時に見分けたようだ。

「まあ、わたしに言わせれば、ここまで自分の見た目に構わないのは産んでくれた人にごめんなさいレベルだけどね。構わないイケメンは」

「身綺麗なフツメンに劣る」と有紀が語尾を引き取る。

「その通り。ちゃんと覚えていたわね」

「散々言われて、今や強迫観念に駆られるレベルだよ」

「ふん。身内だから言ってやってるんじゃない。感謝しなさいよ」

末の姉は有紀のぼやきなどものともせず、平然と言い放つ。

「ファッションっていうのは、『自分は大事にしてもらうに足る人間ですよ』、『周囲の人と円満にやっていける人間ですよ』ってことをメッセージとして伝える役目もあるの。嶋崎さん、人にどう思われようと構わないと思ってるでしょ。でも、仕事を始めとする物事全般を円滑に進めるためには、初対面の相手に安く見られない方がいいに決まってるし、一緒にいる人間、今の場合なら有紀に恥をかかせないのは、誠意でもある」

それまでただおとなしく聞いていた嶋崎が、弾かれたように顔を上げる。

「僕がみっともないと、一緒にいる畔田さんが恥をかくんですか？」

「そりゃそうよ」

「俺は別に」と言いかけた有紀の胸を朱実が裏手で叩いて黙らせる。

「あんたがそういうことを言いだすとややこしくなるから黙ってなさいよ。有紀のこれまでの『お友達』は、みんな着るものにうるさいタイプだったから、有紀がそういうのを超えて嶋崎さんをいいと思ってるのはわかる。でも、通りすがりの人には中身まではわからない。たかが見た目ごときで、連れている人の株まで下げちゃうなんて、ばかばかしいと思わない？」

　嶋崎は、朱実に言われたことをじっと考えている風だった。

　朱実は、カラー診断に使うドレープと呼ばれる布を取り出してきた。

「嶋崎さんに似合うのはこういう色。典型的なウィンタータイプね」

　次々に肩から掛けられた布の色は、濃いブルーやバイオレットや澄んだモスグリーンといった青味の強い濃い色ばかりだ。似合うとされた色を肩に掛けただけで、嶋崎は驚くほど洗練されて見えた。

　嶋崎に似合いそうな服はどんな服だろう。スタイルがいいから、きちんと体に合うものを選べば見違えるだろう。

　こうして似合う色布を掛けただけで、もう違って見えるのを目の当たりにすると、似合う服を着た嶋崎を早く見てみたくなる。もっと言えば、服を見立ててみたくてうずうずする。自分のチョイスで、頭のてっぺんからつま先までコーディネートしてみたい。

　朱実がさっさと色布を嶋崎の肩から外し、別の布を掛ける。

「逆に、こういう枯れ葉系の色を着ると顔色がくすんで見えるでしょ。それに、こういうパステルカラーや黄色味の強い色は似合わない。ね、すごく胡散臭く見える」

前者は嶋崎が着ているスーツの色合いで、後者が初めて二人で会った日に着ていたとんでもないアロハシャツの色合いだったので、嶋崎が「う……」と言ったきり絶句している。気の毒だとは思いながら、有紀は密かに笑いを噛みしめた。

「黒が一番似合うけど、はまり過ぎちゃうかな」

黒い布を顔の下に当てただけで、嶋崎の雰囲気がとてもセクシーなものに変わった。いつしか有紀の脳内は、嶋崎の着せ替え妄想でいっぱいになっていた。

（ハイネックの半袖黒Tシャツみたいな難しいアイテムも、嶋崎さんの理想的なボディがあれば着こなせそうだよな。黒いシャツや革ジャケットなんかだと、色気が出過ぎてエロくなりそうだけど、ありかなしかと言われれば全然ありだ。って言うか、色気全開の嶋崎さん、見てみたい。……ああっ、想像してたらなんだか武者震いが）

「これから服を買うときは、当分の間有紀に選ばせなさい。この子のセンスは子供の頃からあたしがみっちり仕込んでるから任せて大丈夫。有紀、ちゃんと面倒見なさいよ」

「あ、うん」

望むところだ。

「後は髪形とメガネだわね。失礼」

朱実は手にヘアワックスを取ると、手早く嶋崎の髪を弄《いじ》り始めた。

予告もなく髪に触れてきた朱実に驚いたのか、嶋崎は見事なまでに赤くなった。顔をうつむけようとするが、「ちゃんと顔を上げてて！」と位置を直される。朱実の方を正視できないようなのに、その顔をちらちらと盗み見ている。

（なんだよ、それ……）

嫌な予感がした。足元が崩れていくような心もとない気分だ。

やがて、朱実は満足したように手を止めた。似合う色のドレープを顔の下に当て、髪をかきあげて額と耳を出すようにしただけで、驚くほどすっきりして見える。

「ほら。眉もほとんど弄る必要がないぐらい形がいいし、額まで見せた方が絶対似合うわ。コンタクトにするつもりはないの？」

「目の粘膜があまり強くないので」

「じゃあフレームを変えた方がいいわ。今時こんなのどこに売ってるの？」

「祖父のお下がりです」

「物持ちがいいのね。じゃあこれはスペアにして、外出用に新しいのを作って」

朱実はまた断りもなくさっと嶋崎の昭和なメガネを奪い取ると、近くの棚にディスプレイされているメガネの一つを嶋崎にかけた。極細フレームや縁なしツーポイントなどを試してから、シンプルなハーフリムに落ち着く。

「どう？　って言っても目が悪いのよね。度なしレンズじゃ見えないか」

姉の声は心なしか得意げだ。即席のイメージチェンジを終えた嶋崎をひと目見た途端、有紀の全身が熱くなった。出会ったあの日のままの嶋崎がそこにいたからだ。

どっ、どっ、どっ、どっ。

自分に聴こえる鼓動が爆音に近い。呼吸まで乱れてくる。

(何だこれ。やばい)

既に嶋崎が眩しすぎて正視できない。

(知ってたよ。嶋崎さんが身なりに構えば相当いい男だって、知ってたけど)

得意のポーカーフェイスができている自信がなくて、奥歯を力いっぱい噛みしめる。

「嶋崎さんの場合、彫りが深くて顔の印象が強いから、髪もメガネをそれを邪魔しない方がいいわね。有紀もそう思うでしょ」

「う、うん」

なんとなく、有紀を見る姉の目が笑っているように見えた。

朱実のサロンの外に出ると、嶋崎が深く息を吐いた。それなりに緊張していたらしい。

「エネルギッシュな方ですね」

「びっくりしただろ、言いたい放題の野生児で。あれでも朱実にしては辛口じゃない方なんだよ」

「畔田さんが女性になったらこんな感じかなと思っていた通りの美人が現れたので、びっくりしました」

そう言って、また少し頬を染める。先程から感じていた不穏な予感が水かさを増す。

(朱実のこと、いいなとか思ってんのかな。思ってるんだろうな)

ビアガーデンで逆ナンしてきた女の子のことは歯牙にもかけなかった嶋崎が、姉のことははっきり「美人」とまで言ったのだ。意識しているに決まっている。

姉の方は、嶋崎をどう思っただろうか。基本、感情がそのまま顔に出るタイプなので、悪い感じは持たなかったことは確かだと思うのだが。

「三人の姉の中でも、朱実が一番俺に似てるかな」

「お姉さんにいろいろ言われてる時の畔田さんは、子供みたいで可愛かったです」

嶋崎がふっと笑った。前に一度同じようなことを言われた時にも、抵抗を感じた。相変わらずその言葉には強い違和感がある。

(可愛くないのに、俺なんか)

「小さい頃の畔田さん、きっとすごく可愛かったんでしょうね」

そう、子供の頃は誰でも可愛い。有紀に向かって散々そう言ったあの男も、有紀が成長すると背を向けた。

——『可愛いよ、有紀』
顔もはっきり思い出せないのに、耳元で囁かれた声だけが急に生々しく蘇って、ぞわりと背筋を震わせた。

横浜から都内へと戻り、有紀は嶋崎を行きつけのヘアサロンに案内した。

スタイリングが必要な髪形は保つのが難しいので、少量のワックスで掻きあげる程度で整う長さに短くしてもらう。嶋崎に任せていたらどうなるのかわからないので、びっちりつきそって有紀が指示を出す。

ヘアカットの仕上がりを待っていると、メールの着信音が鳴った。朱実からだ。

〈さっき言うのを忘れてた。有紀、今日誕生日でしょ〉

バースデーケーキの絵文字を見て心が温かくなる。

〈よく覚えてたね〉

返信すると、すぐに返事が返ってきた。

〈当たり前でしょ。あんたも二十九か。こっちが歳を取るわけよね〉

嶋崎とは一度だけお互いの誕生日を教え合ったことがあるけれど、今日が有紀の誕生日だと気づいているだろうか。何も言わないから、きっと忘れてるんだろう。子供でないし、誕生日を忘れられているからといってどうということもないが。

そうしているうちに、嶋崎の髪が仕上がった。思い通りの出来栄えだ。

「かなりイケてる感じになりましたよね？」

馴染みの美容師も誇らしげだ。元の素材がいいんだよ、と心でつぶやきつつも礼を言って、その足でサングラスを買ったことのあるメガネ店へと向かう。

頭の中でイメージはできていたので、あとはそれを探すだけだ。

メガネは朱実のサロンで一番似合っていたハーフリムと似たもので、よりモダンなデザインを選んだ。出来上がりまでの三十分、近くの喫茶店で時間をつぶし、メガネを受け取って店を後にした。

次はメンズブティックだ。取材予定日まで日がないので、確実に水準を満たしてくれる店だけを回る必要がある。よって、有紀が季節ごとにスーツをセミオーダーしている店に嶋崎を連れて行った。

店に置いてあるサンプルスーツの中で、嶋崎の体型に近いものを探す。今はゴージラインの高いものが流行だが、トレンドは意識しつつあえてクラシックなデザインを選んだ。取材用には紺をと思っていたが、実際に合わせてみるとダークグレーが一番似合う。

フィッティングルームのドアが開き、サンプルを着た嶋崎が不安そうな顔を見せた。

「……どうですか？」

嶋崎はもはや別人だった。

長すぎず短かすぎない長さにカットされた髪を自然に後ろに掻き上げ、シンプルな眼鏡に替えたことで、胡散臭い印象は払拭され、本来の精悍さが前に出ている。

既製服とは言え、仕立てのいい上質なスーツを身に着けていると、プロポーションの良さは歴然だ。この嶋崎を見てモサいとか冴えないとか言う人は誰もいないだろう。

「かっこいい……」

たっぷり十秒は見惚れて、薄紅色の吐息と共に脳内を垂れ流してから、自分のセリフに驚愕する。

(うわ! 何言ってんの俺! 恋する乙女かっ)

いかに嶋崎が鈍くともあまりにダダ漏れでは恋愛感情を悟られかねないし、すぐそばにフィッティング担当の店員もいるのに、行きつけの店でゲイばれは困る。だから、必死で言葉を繋いで一般論にすり替えた。

「……って、会社の女の子たちが騒ぐだろうな」

「パターンオーダーで丈やウエストサイズを修正するだけでも着ていただけますけど、素晴らしいスタイルなので、正直もったいないですね。腰のラインとか、もっと絞りたいです。せめてセミオーダーしてもらえればずっと引き立ちますよ」

この買い物の主導権が誰にあるのか知っている店員は、当然のように有紀に話しかけて

くる。

「月末に着たいんです。三十日までに仕上がりますか？」

「今日十七日ですよね。厳しいけど、お得意様の畔田さんの頼みだし、急ぎでやらせていただきます」

「ありがとう。助かります」

スーツに合うシャツやネクタイを選んでいる間も、細かい採寸を終えた嶋崎がカウンターで必要事項を書類に書いている間も、顔が弛みそうで困った。

早くこの嶋崎を人に見せたい。嶋崎をバカにした奴らに見せびらかして、鼻を明かしてやりたい。いや、こんなにいい男だと、あっという間に悪い虫がつきそうだ。見せないで独り占めしたいような気持ちもある。

いつの間にか嶋崎が有紀の顔を覗き込んでいることに気づいた。

「何？」

「畔田さんが嬉しそうなので」

「そりゃね。着るもの着ればいい男になるのにもったいないなって思ってたから。内心どんなもんだって気分」

「僕の見栄えが良くなるのは、畔田さんにとってそんなに大事なことですか？」

「うん。これで他の人にも嶋崎さんの良さがわかってもらえると思うと嬉しいんだ」

有紀がそう答えると、嶋崎は眩しそうな顔をした。

「畔田さんに喜んでもらえるなら、これからはもっと身なりに気をつけるようにします」

「それがいいよ」

「それでは、あと二着、スーツの生地を選んでいただけませんか？　それに合うシャツやネクタイも。仕事用の靴と、後は普段着を数着」

話を聞きつけた店員が大張り切りで店中の服を集め出したが、有紀は焦ってしまった。

「ちょっと待って。そんなに一度に買ったらすごい金額になるだろ。とりあえず今日は取材に間に合うように一着だけ買って、他はボーナスが出てからとか、バーゲンの時期にしたら？　俺なら何度もでもつきあうし」

「お金ならあるんです。結婚資金が浮いてしまったし、他に使い道もないですし、いい機会なので選んでいただけるとありがたいです」

嶋崎の意気込みに押し切られるようにして、トータルでいくらになるのか考えるのが怖くなるほどたくさんの服を選んだ。普段着用に買ったパンツの裾を直してもらう間に、トップスを選ぶ。せっかくなので、それに着替えて帰ることにした。

嶋崎が買った服に着替えている間、店員に耳打ちして、トルソーが着ているレザーブルゾンを包んでもらう。服を選んでいる間に目についたシャープなデザインのそれは、嶋崎によく似合いそうだった。十日後に迫った嶋崎の誕生日のプレゼントにするつもりだ。

嶋崎は有紀の誕生日を忘れているようだから、プレゼントなんかしたら逆に気を遣わせるかな……と思ったが、それを着た嶋崎を想像したら、我慢できなかったのだ。

着替えを終えた嶋崎と店を後にして、連れだって街を歩いていると、かなりの数の人が振り返る。有紀を見ているのと同じぐらい嶋崎を見る人も多い。やはり今の嶋崎はイケているんだと確信して満足する。

「僕のアパートで少し休んでいきませんか？」

嶋崎のアパートに誘われたのは初めてだった。ブティックで買った袋が多いので、どこかに立ち寄るのは難しそうだから、部屋に誘ってくれたのはありがたい。

相手はただ友人を招いたつもりだろうが、これから好きな男の部屋に行くのだと思うと、どうしてもそわそわしてしまう。

(どうしよう。心臓の音が嶋崎さんに聞こえそう。俺、どんな下着着てたっけ。こんなことならさっきのブティックで買えばよかった。……って、何考えてんだ。この人に他意はないんだからそんなのどうでもいいだろ)

「ちょっと寄るところがあるのでいいですか」と言って連れて行かれたのは、都内を中心にチェーン展開しているケーキ店だった。予約をしていた箱を受け取る嶋崎を見て、別の意味で心臓が高鳴ってくる。

「お待たせしました。行きましょうか」

ホールケーキが入っていると思しき箱。もしかしたらバースデーケーキかなと思うけれど、嶋崎は何も言わないし、期待が外れたらがっかりする。自分を祝うためのものだとは思わないようにしたいけれど、つい何度も箱を目で追ってしまった。

嶋崎の部屋に着いて、まず目に飛び込んできたのは、大きな壁面パネルだった。

「……なに、これ」

「ちょっとやってみませんか」

見れば、とても凝った作りのボールコースターだ。白い金属パネルの上に透明なアクリルのパーツやアルミのコースが取り付けられ、なかなかしゃれている。

上からビー玉を落とすと、直線だけでなく波型やらせんを描く複雑なコースを辿《たど》って坂を下っていく。その途中で小さなベルを鳴らしたり、途切れたコースを飛んだり、小さなカップに乗ってロープを伝ったりと変化に富んでいるので、見ていて飽きない。

ゴールにたどり着くと、「ＨＡＰＰＹ　ＢＩＲＴＨＤＡＹ」と書かれた小さな旗が揚がったのではっとする。

「畔田さんはピタゴラ装置が好きだと言っていたでしょう。誕生日にプレゼントしようと思いついて作りました」

「これ、嶋崎さんが作ったの？」

壁を覆うほど巨大なパネルで、どれだけの労力がかかったのかと思うと目眩がする。ボールコースターを面白がっていたのは初めて二人で会った夏の日のことだ。有紀の何気ない一言がこの超大作になった。大ごとになるから嶋崎に滅多なことは言えないと感じるのはこういう時だ。

（あの一言だけで、普通、作らないだろう……）

最初の驚きが引いてくると、頬がじわじわと熱くなった。有紀が思っていたのよりずっと、嶋崎は有紀のことを重要視しているような気がする。友達としてだけれど、かなり好かれているような気がする。

「俺なんか、買ったものしか用意してないのに」

ブルゾンの入った紙袋を、気後れを感じながら差し出す。十日早いプレゼント。さっき店で見つけた時にはこれだと思ったのに、嶋崎のプレゼントを見てしまうといかにも力の入り方が違う。

中を開けて、嶋崎は驚いたようだった。

「お金を使わせてしまってすみません。こういう服は着たことがないけど似合うかな」

「着てみたら？」

部屋の中でレザーブルゾンを羽織った嶋崎は、思った通り、ぞくぞくするぐらい色気が増して見えた。

「すごく似合う。大人の男って感じ」

「ありがとうございます。大事にしますね」

「大事になんかしないで、普段にどんどん着てよ」

有紀はボールコースターに近づいて、再びビー玉を落としてみた。下まで落ちたらもう一度。ビー玉を転がすたびに、何度でも有紀の誕生日を祝う旗が揚がる。

ここまで手間暇のかかったプレゼントをもらうことなんて、この先一生ないだろう。嶋崎が、ささいな有紀の言葉をいつまでも大事に覚えていたことが嬉しい。たくさんの時間を費やして喜ばせようとしてくれたことが嬉しい。

「こんなすごい誕生日プレゼント、生まれて初めてだ。すごく嬉しい。これ、作るの大変だっただろう」

「楽しかったですよ。畔田さんの驚く顔を楽しみにして、こつこつ作業するのは。予想以上に驚いてもらえて満足です。でも、仕上がってから気がついたことがあります」

「何？」

「大きく作り過ぎて、これをどうやって畔田さんの部屋に運んだらいいのかわからないんです。パネルの搬入はＤＩＹショップがやってくれたんですが」

情けない顔を見ていたらだんだんおかしくなってきて、ついに有紀は大声で笑い出した。

やっと納まった頃に、「確かに自分でも計画性がなかったとは思うんですが」と弱った顔で追い打ちを掛けられて、再び笑いの発作に巻き込まれる。ひとしきり笑ってから涙を拭いた。

「軽トラ借りれば二人で運べなくはないと思うけど、それよりこれで遊びたくなったらここに来てもいいかな」

「もちろんです。いつでも遊びに来てください。これはスチールパネルにパーツをマグネットで取り付けているので、コースを組み変えることもできるんです。畔田さんが飽きないように、時々変えておきます」

箱の中身は、やはり有紀のためのバースデーケーキだった。ケーキの上には、「HAPPY BIRTHDAY」と書かれたチョコレートと、数字の2と9の形をしたろうそく。

「ろうそくを二十九本欲しいと言ったら、これを勧められました」

「二十九本立てたらケーキが穴だらけになるよな」

「確かにそうですね。でも、一本一本が畔田さんの生きてきた年数だと思うから、少し残念だった。あ、そうだ。三十歳の誕生日には、もっと大きなケーキを買います。そうすれば、三十本立てても大丈夫でしょう」

「そんな大きなケーキ、二人じゃ食べきれないだろ」

ろうそくだらけの巨大なケーキを前にして途方に暮れている自分たちを想像して、おかしくなった。

来年の今日、本当にまた誕生日を一緒に過ごしてくれるなら、どんなにいいだろう。それだけで、プレゼントもケーキも何もいらないのにと思う。

その頃、嶋崎と自分はまだ友達としてつきあっているだろうか。嶋崎に新しい恋人ができていたとしたら、自分たちはもう今のようには頻繁に会っていないかもしれない。嶋崎も、有紀の誕生日を祝おうと思わないかもしれない。

そう考えると、今のこの瞬間がたとえようもなく貴重なものに思えてくる。

数字のろうそくに火が灯《とも》る。

有紀は、嶋崎との関係がずっと続きますようにと願いながら、炎を吹き消した。

ケーキを食べたりしながら、だらだらとしているうちに夜になった。十日後の嶋崎の誕生日には有紀の部屋で鍋でもしようか、なんて話をする。

「そろそろ何か食べに行きましょうか」

そう嶋崎が言ったけれど、まだここにいて、祝ってもらった余韻に浸っていたい。なんとなく、嶋崎も今日はもう出かけないでいたいと思っている気がする。

「よければ何か作るけど」

「ご飯は冷凍したのがあります。昨日のカレーの残りはありますが一人分なので、よかったら畔田さんが食べてください」

冷蔵庫を見ると、卵のパックと牛乳、魚肉ソーセージがあった。男の一人暮らしだからと、念のために消費期限も確かめたがまだ新しい。調味料も基本のものは揃っている。野菜は玉ねぎとレタスしかなかったが、とりあえずの食事には充分だ。

「中にある材料、使わせてもらっていい？」

「買い物に行くつもりだったのでたいしたものはないですが」

材料を刻んでいる間に、「ご飯を解凍して、カレー温めてくれる？」と嶋崎に言うと、喜々とした様子で指示に従うのがなんだか可愛かった。

玉ねぎとソーセージを炒め、刻んだレタスを混ぜたケチャップライスを作り、皿に取り分ける。手早く二人分のオムレツを作って、半熟のタイミングでケチャップライスの上に乗せ、切れ目を入れると、とろとろの中身が溢れ出す。

「美味しそうだ」

後ろから覗きこまれて、ふっと匂い立った『アスキア』の香りにどきどきする。

（うわ。顔、近い）

大いに動揺しているのを隠そうと、「カレーをかけて」と指示を出す。一人分しかなかったカレーは、二人分のソースにするにはぴったりの量だった。

「できた。即席オムカレー」

「誕生日の人に作らせてしまってすみません。すごいなあ。冷蔵庫にあったものだけで、二人分の料理ができた」

「料理ってほど大げさなものじゃないよ。難しいものは作れないし。それに、俺には巨大なボールコースターも作れない」

嶋崎と顔を見合わせて笑った。

一人で何度も作ったことのあるオムカレーを、今日はあり得ないぐらい美味しく感じる。炒めたり温めたりしただけど、一緒に作ったせいかもしれないし、二人で美味しいねと言いあって食べたからかもしれない。

嶋崎の伴侶になる人は、こんなのが日常になるんだろうか。

お腹が満たされ温まっていくにしたがって、胸の中も満ちてほんわりと温もっていく。こんなに幸せな気持ちで過ごす誕生日は初めてだ、と有紀は思った。


それからさらに一月ほど経った企画会議の席で、久しぶりに研究センターの落を見かけた。会議が終わった後、廊下で追いついて声を掛ける。

「落さん、お久しぶりです」

「ああ、どうも。あれから嶋崎が、だいぶ世話になってるみたいで」

「世話とかじゃなくて、嶋崎さんと一緒に遊ぶと楽しいんですよ」

「あいつ、ものすごい雰囲気変わったじゃないですか。髪形を変えてきた日、職場がちょっとした騒ぎになったんだよ。どんな魔法を嶋崎にかけたんですか？」

それを聞いて、有紀は微笑んだ。イメージチェンジ大成功。出社してきた嶋崎を見て騒然となった人々の顔には想像がつく。同じものを自分の職場でも見たからだ。

雑誌の取材を受けた日、前日に引き取りに行ったばかりのスーツを身に着けて本社に現れた嶋崎は、惚れ惚れするほど男振りが良かった。

『あれ誰？』

『めちゃめちゃかっこよくない？』

かつて散々嶋崎の悪口を言っていたメンツがささやきあっているのを聞いて、心の中で思い切り快哉《かいさい》を叫ぶ。

『研究センターの嶋崎さんだよ。一度プレゼンに来ただろう』

有紀の説明に『えーっ！』と驚くのを見て、胸がすくようだった。

（そうだよ。元々嶋崎さんはかっこいいんだよ）

あの時は、何食わぬ顔を保つのが大変だった。

「嶋崎の場合、見た目だけじゃなくて、ずいぶん明るくなったもんなあ。浮かれていると言ってもいいぐらいでね」

明るくなった？　嶋崎は出会ってこの方、ずっとおおらかで明るい男に見える。

「嶋崎さんは元々気持ちの安定した明るい人だと思っているんですが」

「ああ、畔田さんと会ってる時は、あいつなりに気分が上がってるのかもな。あいつ、好きなこと以外には関心薄いじゃないですか。暗いとか機嫌が悪いとかじゃないんだが、研究以外のことじゃテンション低いんだよ。職場の連中に話しかけられても生返事だし」

確かに好きな事には一直線の印象は受けるが、嶋崎は有紀といる時はいつも、何にでも興味を示すし、よく笑う。小さなことにも目をキラキラさせている様子が、飼い主に遊んでもらっている犬のようだと思う時もある。

職場で見せる顔と有紀に見せる顔とでは違いがあるのかもしれなかった。

「浮かれてる理由、どうやら好きな女ができたみたいだな」

咄嗟に朱実の顔が浮かんでどきっとする。恋愛がらみのことなら真っ先に自分に報告してくれるものと思い込んでいたので、こんな風に間接的に聞かされるのはショックだ。どうして落に話して自分には話してくれないんだろう。

「あれ、聞いてませんか？　畔田さんなら知ってると思ったんだが。なんでも、もの凄い美人で性格が良くて仕事もできてって言うんだから、手放しですよ。あいつ、経験値低そうだからなあ。そんな絵に描いたような女がいるかーって言ったんだけどね」

この前嶋崎と朱実のところに行ったときの嶋崎の様子を思い出し、予感が重みを増す。

「知ってる子かな。他にはどんな風に言ってました？」

「言いにくいことを言う時にも、こちらが傷つかないように気を配ってくれるし、親身になって怒ったり笑ったりしてくれる優しい人だって言ってたな。普通にしてるとかっこいい系だけど、時々ものすごく可愛いって。うわー、こうして口に出してみると、どれだけぞっこんなんだって感じだよなあ」

朱実は顔立ちこそ姉妹の中で一番有紀に似ているが、有紀とは違って感情が全て顔に出る。はっきりものを言うタイプだが、底意地の悪いところがないので、嫌味に聞こえない。それに、弟の目から見てもかなりの美人だ。嶋崎のような恋愛慣れしていない素朴な男には、どれだけ華やかに映ったか想像に難《かた》くない。嶋崎が恋をしたのは、三番目の姉に間違いないように思われた。

朱実の顔を食い入るように見ていた嶋崎の横顔を思い出す。

ゆっくりと、絶望感が広がっていく。どうしてよりによって姉なんだろう。朱実のところになんか連れて行くんじゃなかった。

高校二年の夏。ほんの二時間前自分を抱いた男が朱実と向き合っている古い写真のような一コマが浮かぶと、あの時の衝撃と痛みが驚くべき鮮度で蘇ってくる。男の顔もはっきり思い出せないのに、その時受けた傷だけがいつまでも消えないのは何故だろう。

あれはとっくに終わったことだ、と有紀は記憶を振り払う。それに、朱実は有紀のために怒って、一緒に泣いてくれた。

（相手が朱実だからって、何をそんなにこだわることがあるんだ。相手が誰だって同じことだ。嶋崎さんが男の俺を好きになることなんかないんだから。いつかは彼女を作って離れていくのは、最初からわかってたじゃないか。そのためのレッスンだったんだから）

落が有紀の耳元近くに顔を寄せて声を落とした。

「畔田さんは、あいつが勃たなくなったって話も聞いてるんですよね」

「え？　あ、はい」

聞いてはいても、そんな話を本人以外の人としたくない。落は悪い人間ではないと思うけれど、こういうプライバシーに関わることを本人のいない場所で言ってくるところが、有紀は少し苦手だった。

「治ったらしいですよ。つってもまあ、あっちの方はどうなんだって散々聞いて白状させたんだが。その相手を想像したらイケたって聞いて、だいぶ立ち直ったんだなあと思って俺は嬉しかったですよ。切り替えが下手でこうと決めたら一筋の奴だけに、婚約破棄直後はほんと、ロボットみたいに無表情になってましたからね」

あれから嶋崎の誕生日にも会ったし、昨日も電話で話したのに、有紀には治ったなんて一言も話してくれなかった。勃起障害の話を聞いた時は、有紀だって心を痛めたのに。

嶋崎とはプライベートでそれなりの頻度で会っていて、たいしたことはしていないとはいえ恋愛相談みたいなこともしている。なのに、どうして有紀には話してくれなかったたんだろうと考えてしまう。自分の位置は今でもまだ落より下だってことなんだろうか。

それとも、有紀が朱実の弟だから言いにくかったんだろうか。

「相手が誰かわかったような気がします」

「へえ。畔田さんの知り合いの人ですか。じゃ、イケた云々の話は失礼だったな」

「いえ。仮に本人が今の話を聞いても気にするような奴じゃないんで」

「嶋崎が言うほどいい女ですか？」

「性格は結構雄々《おお》しいですけど、根は面倒見のいい優しい奴だと思いますよ」

朱実は言いたいことを言いながらも、好きな男は甘やかすタイプだと思う。嶋崎はおおらかで優しいけれど、常識に欠けたところがあるから、案外相性はいい気がする。

「嶋崎の奴、何があっても絶対無理な相手だって言い張るんだよ。自分は恋愛の対象外だって。畔田さんさあ。あいつ、自分で行きそうにないから、その人にそれとなく聞いてみてやってくんないかな。可能性がゼロじゃないなら、繋いでやってほしいんだ」

嶋崎の幸せのためなら全力を尽くすと約束したじゃないか。今がその時じゃないのか。

朱実なら。三姉妹の中で一番気性が激しいけれど一番情が深い、朱実だったら。

（頑張れ、俺）

有紀は落にいつもの笑顔を返した。

「はい。相手にその気があるか俺の方から聞いてみます」

他のろくでもない女に渡すぐらいなら、朱実の方がいい。


朱実のオフ日に、仕事場兼住居のマンションを訪れた。

「有紀が一人で来るなんて珍しいね」

「そうかな。これ、買ってきた」

「わあ、ここのケーキ食べたかったんだ」

いそいそとお茶の支度をする姉の背中を見ながら、嶋崎と交わした会話を頭の中で再生していた。

『嶋崎さんは、朱実みたいなタイプってどう?』

『どうってどういうことですか?』

『だから、見た目とか性格とかどう思うかって意味』

姉の話を振ってみると、嶋崎ははにかんだ顔で『綺麗な人ですよね』と言った。

嶋崎が有紀の前で有紀以外の人に照れた顔を見せたのは、朱実が初めてだ。話題を出しただけでこの照れ具合だから、ずばりと聞いても正直に答えるかわからないと思い、戦法を変えてみることにした。

『この間会議で落さんに会ったんだけど、嶋崎さんが治ったって言ってたな』

『治った、とは何がですか？』

『だから。好きな人ができてその人で抜いたって』

途端に、嶋崎は真っ赤になった。こんなに瞬時に、それも鮮やかに人の顔色が変わるところは初めて見た。

『本当なんだ？』

『あ、……はい』

『それ、俺の知ってる人？』

『……あの、その、すみません。……いえ、その……』

赤くなったり青くなったりしながら、しどろもどろになっている。インポであると告白してきた時には平然としていた嶋崎が、こんなに取り乱しているのは、有紀から姉に伝わるとでも危惧《きぐ》しているのだろうか。

ともあれ、嶋崎の好きな相手が朱実だというのは、まず間違いないと思われた。

(朱実のどこがそんなに好きなんだよ。顔？　朱実の顔なんて、俺の女バージョンじゃないか。一度しか会ったことないのに、何がわかるんだよ。俺とは何十回も会ってるのに。いろんな話もしたし、いろんなことをわかち合ったのに。……俺がもし女だったら、俺のことを好きになってくれた？)

言いたいことはいっぱいあった。でも、自分の気持ちを隠している有紀が口に出せることは実際には何もなくて、絞られるような胸の痛みをこらえて、何でもないような顔を取り繕うので精いっぱいだった。

そして今日、朱実の気持ちを探るために姉の元を訪れたというわけだった。

姉に嶋崎の気持ちを伝えて、色よい返事をもらえば目の前で二人の交際を見せつけられる羽目になってつらいし、断られても嶋崎のためにつらい。どちらにしても気が重いが、有紀は嶋崎のために勇気を振り絞って口を開いた。

「こないだの嶋崎さんだけど。どう思う？」

「どうって？」

「ちょっと変わったところはあるけど、性格はすごくいい人だから」

「そうね、悪い人じゃないのはわかる。でも、あの人相当ずれてるよね。天然？」

朱実がくすっと笑ったので、これは脈ありだと思う。嫌いな男に対して下す朱実の寸評は、男なら大事なところが縮み上がるぐらい辛辣《しんらつ》だからだ。

「あれから朱実のカラー診断を元に服やメガネを買いに行ったんだけど、見違えるようにかっこよくなったんだ。だから、朱実と並んでもそう見劣りしなくなったと思うよ」

朱実が不審そうに有紀の顔を見た。

「ちょっと、あんた、何が言いたいの？」

「だから、今つきあってる人がいないなら、どうかと思ったんだけど」

朱実の声と表情がみるみる凍りついていく。

「……そのために来たわけね。あの男に聞いて来いって言われたの？」

「いや、本人が直接そう言ったわけじゃないけど……」

朱実の顔が怒りの形相に変わって、般若《はんにゃ》のようにくわっと口が引き裂けそうで、我が姉ながら恐ろしい。

「あいつ！　有紀に何をさせるのよ。あんたが連れてた中じゃ一番ましだと思ったのに、とんだ食わせ者ね。殴《なぐ》ってやる！　それじゃ納まらないわ。蹴手繰《けたぐ》りを入れて倒れたところをヒールで踏んで……」

「聞いてるだけで痛いよ。客に惚れられたからって、そんなに怒ることないだろ」

「あたしは嶋崎さんがあんたの恋人なんだと思ってたのよ。そういう雰囲気だったから。あんた、あの人のことが好きなんでしょう」

「……そんなに見え見えだった？」

「あんた、いつもとりあえず笑っとけって感じだけどね、動揺したり本気で照れてる時には奥歯を噛みしめて達磨《だるま》みたいな口になるの。家族はみんな知ってるわよ」

「うっ……」

（だ、達磨!?）

知らなかった。いつも何食わぬ顔で上手に隠せているつもりでいたのに。

「どうして好きな男をあたしに勧めてんのよ。同じことを繰り返すつもり？」

『同じこと』とは、家族にカミングアウトするきっかけになったできごとを指している。

有紀の初恋の男、小井土《こいど》は、家庭教師として中学三年生の有紀の前に現れた。男兄弟のいない有紀は年長の同性が珍しく、当時大学生だった小井土に憧れを抱いた。

憧れていた相手に、『好きだ、有紀は可愛い』と言われて、同性同士ということで最初は戸惑ったものの、初めて経験する甘い言葉のシャワーに有頂天になった。ちょうど自分のセクシャリティに不安を覚え始めた頃だったから、共犯めいた思いが有紀を小井土へととめどなく傾斜させていった。

初めてのセックス。秘密の交際。小井土がクビにならないように必死でやった受験勉強。初恋に夢中だった有紀は、恋のためならいくらでも頑張れたし、勇敢にもなれた。

親や姉たちにたくさんの嘘をついたし、見つからないように夜中に家を抜け出して会いに行ったこともある。寂しいことも後ろめたいこともいっぱいあったけど、小井土はゲイである有紀を肯定してくれて、心と体を拓《ひら》いてくれた初めての人だった。

そして、若かったから簡単に永遠を信じることもできたのだ。志望校に合格して高校に通い始めたあの頃が、恋愛曲線の描くピークの時期だったと思う。

高校二年の夏、有紀は次第に間遠になる小井土からの連絡に焦っていた。会えばセックスするけれど、恋人の態度は以前の熱を失い、投げやりで冷淡なものになっていた。

飽きられたのだ、ということには薄々気づいていた。それでも有紀は簡単に諦めきれなかった。

小井土の『男が好きなわけじゃない』という言葉は、最初は『有紀だから好きになったんだ』という睦言《むつごと》として告げられていたはずだったが、有紀が生まれついてのゲイだと知るや、いつしか蔑《さげす》みと責めるニュアンスに変わっていった。

『俺はお前と違って元々ゲイじゃないんだ。お前のせいで人並みから外れて、人にも言えないようなこんな関係になったんだからな』

それが小井土の口癖で、最初に好きだと言ったのも体の関係を求めてきたのも小井土の方だったのに、有紀は次第に罪悪感を刷り込まれていった。何がきっかけで怒りだすかわからない男の機嫌を損ねないように、小井土の前では息も潜めるようになっていた。

気が向いた時だけ呼び出され性具のように扱われて、そういうことの後には必ずと言っていいほど熱を出した。大事にされていないのは自分に落ち度があるせいだと思っていたのは、まだどうにかできる余地があると思わないとつぶれてしまいそうだったからだ。

その日も、有紀の方に快感はほとんどなく、抱かれるほどに惨めになるような乱暴なセックスの後、痛む体をこらえながら帰路についた。

部屋のベッドに座り、ぼんやりと暗くなっていく窓の外を眺めていると、家の塀のところで男女が向かい合っているのが見えた。髪形と後ろ姿で、女は姉の朱実だとわかる。姉に恋人がいたとは知らなかった。

街灯の灯《あか》りに浮かぶ男の顔を見て、それが小井土だと知った時の殴られたような衝撃。小井戸は、最近は有紀に見せなくなった白い歯の覗く笑顔を浮かべていた。

朱実が部屋に入るのを足の裏が炙《あぶ》られるような焦燥をこらえて待ち、家を抜け出して小井土を追いかけた。やっと追いついて、朱実とつきあっているのかと詰問したら、小井戸はさも嫌そうにこんな言葉を投げつけてきた。

『俺が元々狙ってたのは朱実の方だったんだ。朱実がなかなかなびかないから、顔がそっくりなお前でもいいかって。中学の頃は小さくて、女みたいに可愛かったしな。それがどんどん男の体になってくるし、低い声で喘ぎやがって、気持ち悪いんだよ。こっちはゲイでもないのに、最近じゃほとんどボランティア気分だったんだぜ』

ゲイの自分の唯一の理解者だったはずの相手に、姉の身代わりだったと言われた。

少年の幼さが消えて可愛さがなくなったから、もう気持ち悪いと言われた。

精いっぱい与えてきたはずのものを、本当は受け取るのもお情けだったと言われた。

ここまで自尊心が打ち砕かれていなかったら、有紀は小井土を刺したかもしれない。だが、その頃までにはもう、自分が愛されるに足る人間だと信じる気持ちを粉々にされていて、怒りよりも絶望と闇雲《やみくも》な恐怖しか感じなかった。壊れた人形みたいにばらばらに感じられる自分の体を何とかかき集めて、家まで運ぶだけで精いっぱいだった。

『やっと本命といい感じになってきたんだ。お前なんかとつきあってこっちは二年も無駄にしたんだからな。そういうわけで、お前はもう用済みだから。二度と連絡してくんなよ。おい、朱実に告げ口でもしたら、お前の淫乱ぶりをばらしてやるからな』

　そんなことを言われなくても、姉を酷く傷つけるに違いないことを言えるはずがない。有紀は、自分が不用意な発言をしてしまうんじゃないかと怖くて、朱実とも他の家族ともうまくしゃべれないようになっていった。

　勘の鋭い末の姉に、何かあったに違いないと問い詰められたのは、それからひと月ほど経ってからのことだ。言い訳も底をついて、精根尽き果てて、とうとう全てを白状した日。朱実は小井土を家に呼びつけた。

『これ以上あたしと有紀につきまとうなら、あんたの親と大学に言うわよ。それだけじゃない、あんたの家の周りで、教え子だった中学生の男の子に手を出したってビラをまいて、家族が今いるところに住めないようにしてやる。本気だから。それが嫌なら、二度とあたしたちの前に顔を見せないで』

　男を文字通り蹴り出した後、男の前では涙一粒見せなかった朱実が、有紀を抱きしめて玄関先にしゃがみ込み、大声で泣き出した。ガチガチに強張っていた有紀の体が、直に伝わってくる体温と嗚咽《おえつ》の振動でやっとゆるんで、ずっと泣けなかったのに涙が出た。

　姉は、いつの間にか有紀よりずっと小さくなっていた。こんなに小さくてか弱い人に、嫌なことを全部言わせて、その恋を最悪の形で壊した。全部自分が弱かったせいだ。男なんだから、もっと強くならないと。もっともっと強くならないといけないと思った。

その騒ぎで、結局有紀のセクシャリティは家族中に知れることになってしまったというおまけもあったわけだが。

『あたしには、あんな男なんかよりあんたが大事。弟の方がずっとずっと大事なんだよ。そんなこともわかんないの。つらいのに何で黙ってたの。それが一番哀しいよ』

幼い頃は、三人の姉の中で一番有紀をいじめたけれど、一緒に遊ぶことも一番多かった歳の近い姉。気性が激しくて、親に叱られると悔し涙を流しながらも絶対嗚咽を漏らさないような子供だった。

その姉が、手放しで幼子のように泣いていたその日の姿を、今も忘れない。

古傷が、有紀をノンケと恋ができないタチに変えたように、あの日の出来事はきっと、朱実の中の何かを変えてしまったことだろう。

あれから十二年も経ったのに、相変わらず自分の色恋のことで、この姉をこんな気持ちにさせている。自分ばかりが同じ場所で同じことを繰り返しているような気分になる。

「……ごめん」

「なんであんたが謝るの。有紀が謝る理由なんて何もないじゃない！」

「嶋崎さんは小井土とは違うよ。俺が勝手に好きなんだから。あの人は俺の気持ちを知らないし、俺のことを友達だと思ってるんだから」

「それにしたって。どうしてあんたばっかりこんな思いをしなくちゃなんないの。あー！ 無性に腹が立ってきた。やっぱり今から殴りに行きたい」

「嶋崎さんのせいじゃないよ」

「うるさい。そういうことにしたいなら、あんたも絶対に自分のせいだなんて思うんじゃないわよ」

今もまた弟のために怒っている姉の愛情と激しさが、哀しくも懐かしかった。

第六章

ラストレッスン　～手を繋いで、キスをしたら、次は……～

海に向かってまっすぐに伸びていくアクアラインが現れると、助手席に座る有紀の胸が躍る。

「いい天気！　嶋崎さんって晴れ男？」

「そう言われたことはないです。畔田さんの日ごろの行いがいいんじゃないですか？」

友人から安く譲ってもらったという古い型のパジェロのハンドルを握っている嶋崎の横顔も楽しげだ。今日は有紀の贈ったレザーブルゾンを着てきてくれているのが嬉しい。このブルゾンを着ていると、こなれた色男風に見える。

有紀は今日で恋愛指南を最後にする決心をしていた。もちろん何かあれば相談には乗る。だが、今日を最後に忙しいとでも理由をつけて、会う頻度を下げると決めていた。

朱実と話したことで、思っていた以上に嶋崎に深くはまっている自分を自覚した。ずっと密に会い続けていたら、きっとそのうち気持ちを知られずにはいられないと思うからだ。

それに、綺麗事を言っても、本音では嶋崎が誰かとつきあうのを間近で見たくない。最後まで見届けようと心に誓ったのに情けないが、自分はそこまで人間ができていない。

だから、今日は今まで伝えてきたことの総復習の意味を込めて、「嶋崎が一日丸ごとデートのプロデュースをする」という課題を出した。

『俺を恋人だと思って、練習台にしてやってみて。気になるところがあったら言うし』

嶋崎が恋人を作った時、つまずく要素は減らしておいてやりたいから、知っていることはできる限り教えておきたい。

それに、最後に一度だけ、恋人気分を味わってみたいという密かな願望もあった。

(そのぐらいの役得、許されるよな)

海ほたるは帰りに時間があれば寄ることにして、車は房総半島の南へ向かう。

最初に立ち寄ったのは真っ白い小さな灯台だった。土曜だというのに人がいないのは、時間が早いせいかもしれない。

ひと気のない崖の上で、嶋崎がこんなことを言いだした。

「本当は、あぶくま洞に連れて行きたかったんですが、冬場ですし泊りになるので」

「あぶくま洞?」

いきなりどうしてその場所を思いついたんだろう。洞窟マニアなんだろうか。

「阿武隈山地に行ってみたいと言っていたでしょう」

そんなことを言っただろうか。苦し紛れに言ったような気もするが覚えていなくて、有紀は曖昧に笑った。

「人がいるところもいいですが、今日は二人きりになれる場所に来たかったんです」

（二人きり？　嶋崎さん、俺と二人きりになりたかった？）

色めいた意味かと一瞬ドキッとして、妄想モードが発動しそうになったが、考えてみれば、嶋崎に出した宿題は未来の彼女とのデートのシミュレーションだ。生真面目な嶋崎は、あくまでその宿題をこなそうとしているに過ぎない。嶋崎にしてみれば男の有紀なんかと二人きりになってもしかたがない。

「彼女と来るならそうだよな。眺めのいい場所に二人きりって、雰囲気的に盛り上がりそう。さりげなく手を繋いだりできそうだし」

自分が一瞬でも自惚れたことを考えそうになったことが恥ずかしくて、ごまかすために灯台が建つ断崖絶壁の上から身を乗り出した。

「すごいなあ。海に落っこちそう」

すると、いきなり強い力で腕を引かれて体が反転する。嶋崎の胸に倒れ込んだ時、首筋から『アスキア』の香りがして、カッと体が熱くなった。突き放すようにして離れると、つかまれていた腕も解放された。

「畔田さんが海に落ちるんじゃないかと」

「落ちないって。柵があるし」

「そうですね」

嶋崎が妙に固くなっている気がして、わけもわからずその緊張が有紀にも伝染する。

（……何？　今日の嶋崎さん、ちょっと変？）

「手を、繋いでもいいですか？」

言われた意味がわからなかった。もう身を乗り出してもいないのに、と考えてから、有紀が出した『俺を恋人だと思って、練習台にしてやってみて』という課題を実践しようとしているのだと思い至った。

（バカだな嶋崎さん。そこまで再現しろなんて言ってない。そういうのは端折《はしょ》って本当のデートでやればいいのに）

そもそも、手を繋いでいいかお伺いを立てるなんて、全然さりげなくないしスマートじゃない。でも、嶋崎は真面目に練習しようとしているのだろう。それなら応えなくては。

「俺、練習台になるって言ったもんな。人いないからいいよ。ただ、そういう時は黙って握る方がいいんじゃないかな。キスも、それ以上のことも、相手に『彼が強引だったから流された』っていう言い訳を残しておいてあげた方がいいと思っ……」

言い終わるかどうかというタイミングで手を握られたので驚いた。

車に戻るまで誰にも会わなかったから、無言で手を繋いでいた。嶋崎は妙に強張った様子で押し黙っているし、有紀の方も何食わぬ顔を取り繕うだけで必死だった。

（この手汗って俺の？　嶋崎さんの？　やばい、手が震える）

車に乗り込む時までには緊張も限界になっていて、握った手がやっと離れた時にはほっとした。恋人気分を味わいたいと思ったのは有紀だけれど、こんな調子では身がもたない。自由になったはずの手から、熱かった掌の感触が消えない。

その後、少し車を走らせてから、これまたひと気のない海岸に着いた。空は青く、素晴らしい眺めだったが、さすがに冬の海辺は寒い。

「やはりこの季節だと寒かったですね」

「でも、広々としていて気持ちいいよ。俺、こういう場所って好き」

別れ話に似合いそう、と軽口を叩こうとして、言葉を飲み込む。嶋崎に恋をしている有紀にしてみれば、今日はある意味別れみたいなものだ。最後だからこそ、今日一日を大切に味わおう、この風景を一生忘れずにいようと思った。

砂浜に座ろうとすると、嶋崎はすかさずハンカチを敷いてくれる。座り込んで海を見ていると、ふと、肩に重さが掛かる感じがした。嶋崎がブルゾンを脱いで、有紀に着せかけてくれたのだ。練習だとわかっていても胸が騒ぐ。

ここに来るまでも、ずっと至れり尽くせりが続いていた。それも無理をしている風ではなく自然にできていた。

(なんだ。嶋崎さんへの恋愛指南は、本当に教えることがなくなってたんだな)

いろいろな意味で、今が潮時だ。

「上着はいいよ。嶋崎さんが寒い」

「僕は大丈夫です」

「いいから」

嶋崎の心遣いを肩から外して手渡し、大きな岩のある方へと近づいていく。一緒にいると胸が苦しいから少し離れたかったのに、嶋崎が後を追ってくる。

「こういう岩陰ってカップルがエロいことしてたりするよな。おどかしてやろうか」

とふざけて岩の裏を覗き込んだが、誰もいない。

「なんだ。誰もいな……」

唐突に体が裏返され、岩に押し付けられる。

何が起こったのかもわからないうちに、唇が奪われていた。

粘膜に触れる弾力と、引き締まった体に押しつぶされる感覚。男の肌の匂いとまじりあった『アスキア』の香り。

(キス、されてる。嶋崎さんに)

そう思った瞬間、頭のてっぺんでヒューズが飛ぶ感じがして、体に力が入らなくなる。

ずり落ちかけた体を脚を割ってきた腿で岩に縫いとめられ、唇を押し入ってきたものに

舌を舐《な》められる。思わず感じて、びくんと肩が揺れると、嶋崎が離れた。

ひどく不安そうで、でも目をそらせないと言うように有紀の反応を見守っている。

そんな顔をして。それじゃ、まるで。

「……畔田さん」

練習と言うには行き過ぎだとわかっていた。けれど、それ以上の意味があると期待するのが怖くて、力の強い腕の隙間をすり抜ける。

「はは。キス上手だね。タイミングもばっちり。俺にはもう、教えることなさそう」

軽薄に響くほど明るい声で、これは練習だったんだと、ちゃんとわかっているという振りをする。嶋崎の視線を避けるように波打ち際を歩きながら、胸の中ではたった一つだけの問いが激しく渦巻いていた。

(どうしてキスなんか。練習、それだけなのか?)

「畔田さん」

嶋崎の声が追ってくる。

(今無理。顔見られるのとか、絶対無理)

だって、きっと全然平気な顔なんかできてない。今でもキスの余韻に酔ったようで、息も上がったままなのだ。

追う男から少しでも離れようと小走りになる。だが、砂に埋まっていた瓶に足をとられて、海側へと倒れ込んだ。

　水しぶきと水音。自分の真上で閉じていく、氷のように冷たい海水。水が怖い有紀はパニックになりそうになるが、力強い手で引き上げられた。

「怪我は？」

「……大丈夫。濡れただけ」

　全身濡れてしまった有紀はもちろん、有紀を助けようと海に入った嶋崎も、靴とジーンズがずぶ濡れになっている。

「ごめん。俺がヘマしたから」

「そのままでは風邪をひいてしまいます。早く体を乾かさないと」


　近場にあった観光ホテルの一室で、順番にシャワーを浴びる。バスローブにくるまれた有紀に、嶋崎が詫びてきた。

「海になんか連れてきてすみませんでした。他の場所を選んでいればこんな目にはあわせなかったのに」

「勝手に転んだ俺が悪いんだし。って言うか、嶋崎さんまで巻き込んでごめん」

　服は濡れたけれど、嶋崎が咄嗟にブルゾンを砂浜に放りだしたのは不幸中の幸いだった。

革だから、塩水に濡れたらだめにするところだった。

「ホテルのクリーニングに出した服は、明日の朝までかかるそうです」

「えっ」

自分と嶋崎のバスローブ姿を見つめる。服がなければ、着替えを買いに行くこともできない。明日の朝まで、この部屋から出られないということだ。

さっきキスされた後だけに、こんな姿で一晩一緒に過ごすのはしんどそうだ。一睡もできない気がする。

だが、この状況では他にどうしようもない。悩んでいても始まらないので、せめて雰囲気を明るくしようと、なるべく元気な声を出した。

「じゃあ、今夜は泊りになるのか。明日が日曜でよかった」

「泊まりになるなら、もっと吟味したかったです。畔田さんが好きそうな料理のおいしい旅館で、露天風呂付きの部屋とか」

（それ、逆に無理だから）

嶋崎と二人きりで部屋風呂なんかに入れない。絶対のぼせるし、下手をすれば暴走する。

「そういうのは、彼女ができた時にとっておきなよ。本当のデートだったらこういうハプニングもむしろお互いを知るチャンスになるし、楽しいよな」

ふっと黙り込んだ嶋崎が、何故か傷ついた顔をした気がしたが、

「そうですね。ハプニングも楽しめるような間柄が本物なんでしょうね」

と答えた時には普通の顔に戻っていたので、気のせいだったかと思う。

彼女ができたら、という話が出たのがいい機会だ。ここで一息に、会う頻度を下げる話をしてしまおう。

「今日明日とゆっくり遊べてよかったよ。実は、仕事が忙しくなってきて、休日出勤もありそうなんだ。だからこの週末の後は、そう頻繁には会えなくなるかも」

「忙しいんですね。頑張り過ぎて体を壊さないでくださいね」

そう優しく言ってくれた嶋崎が、本気で有紀の体を案じてくれているのが伝わってくるだけに、胸がちくちく痛む。だから、せめて明るく言った。

「それにもう、俺が教えられることは何もないし。今の嶋崎さんなら、女が向こうから寄ってくるだろ」

するど、嶋崎がハッとした様子になった。

「恋愛指南は終わりってことですか？」

「うん。俺とばっかり遊んでいると、嶋崎さんに彼女ができないかもしれないから、ちょうどいいよ」

嫌な感じの沈黙が落ちる。しばらくうつむいて黙っていた男が顔を上げた時、表情が違っていた。切羽詰まったような顔をして、目がぎらぎらしている。

「本当のことを言ってください。僕に愛想が尽きたんですか。それとも、さっき僕があんなことをしたからですか？」

凄い迫力で言い募られて、思わず後ずさった。

「どうしたんだよ。別にもう会わないって言ってるわけじゃないだろ。さっきのあれは……大丈夫だよ。あれも練習だったんだろ。誤解してない」

「そうじゃなくて……」

ベッドに力なく腰掛けた男は、両手で頭を抱えてしまった。

「ずっと、言おうかどうしようか迷っていたんですが、苦しくて、これ以上黙っていられません。僕は、ここ数か月、ずっとおかしくて……」

元彼女と東京タワーで遭遇した時でも、ここまで懊悩《おうのう》していなかった。何かに悩んでいるらしい男が可哀想になって、よくないタイミングで突き放そうとしてしまったらしいと、自分の言葉を後悔した。

「とりあえず、飲まない？　温まろうよ」

備え付けのミニボトルや冷蔵庫にあるビールを窓際にある小さな応接セットのテーブルに並べていると、嶋崎が部屋の電話でルームサービスを頼み始めた。

食べ物だけでなく、市価の三、四倍はするウィスキーのボトルを二本も頼んでいるので驚いた。口を滑らかにするための景気づけに一杯、という量ではない。

「頼み過ぎじゃないかな。そんなに俺は飲めないし」

「僕はアルコールには強い方なので、どれだけ飲んでもひどく酔うということはありません。ウィスキー二本を飲みながら家で仕事をしたこともありますが、足元がふらつくようなこともありませんし、出来上がったものを翌日見てもミスはありませんでした」

「それ、相当な酒豪なんじゃ……」

婚約破棄された後で酒浸《びた》りになっていたような話をしていたが、その間どれだけ飲んだのかと考えると恐ろしくなる。

「むしろ、少し畔田さんに飲んでいただかないと、話しづらいと言うか」

と言ってから、急に慌てだす。

「あっ、別に、酔わせて不埒なことをしようとか、そういうつもりは毛頭ありませんから」

真っ赤になって言い訳しなくても、酔って不埒なことをしそうなのはむしろ有紀の方だ。

「わかってるよ、だって嶋崎さんはノン……」

ノンケ、と言おうとして、普通の男はそういう言葉を使わないのではと気づき、あわあわと呼吸を繰り返していたら、過呼吸気味になってまだ一口も飲んでいないのにくらっとする。

「畔田さん、大丈夫ですか？　僕が、なんですか？」

「嶋崎さんは、の、のんびりしたところがいいんだよ。思いやりのある人だと思うし、酔えば男女見境なくなる肉食系には見えないから」

有紀の言葉に何を思ったのか、嶋崎がまた黙り込む。長い夜になりそうな予感がした。

いくら飲んでも酔わないと言った言葉通り、嶋崎は何杯飲んでも顔色一つ変えなかった。有紀はあまり飲めないと言ったので強引に勧められることはなかったが、よほど話しづらいのか、飲んでほしそうにする。

一緒に飲みに行ったことが何度もあるから、全くの下戸《げこ》ではないと知られているだけに、「もう一杯どうですか？」とグラスを引き寄せられると断れない。いつしか、そろそろやめないとまずい量まで飲んでしまっていた。このまま飲んでばかりいては埒が明かない。話を聞き終わる前に有紀の方がやばい。

嶋崎はよく言えば人の目に拘泥《こうでい》しない、悪く言えば空気を読めないタイプだ。職場の人間関係や仕事のことでこんな風に悩むようには思えない。だから、悩みがあるとすれば不得手な分野、つまり恋愛ごとだろう。

次々に新たな恋を見つけるタイプにも到底思えないので、悩んでいるのはおそらく朱実のことではないか。片思いが高じて病み気味になる、いわゆる恋の病というやつだ。

(打ち明けてもらっても、朱実とは可能性ないんだよな)

朱実が嶋崎を恋愛対象に見ようとしないのは、有紀の想い人だと知っているからだ。

（つまりは、俺のせい）

そう思うと嶋崎に申し訳ないし、失恋を教える役目は荷が重い。だが、傷つけても白黒はっきりつけてやらないと、今のこの苦悩は去らないし、次に進めないだろう。

有紀は嶋崎が話しやすいようにと水を向けた。

「言いたいことがあるんだろ。たぶん俺、嶋崎さんの悩みが何かわかってるから」

「……本当に？　わかっていて、僕と一緒にいてくれたんですか？」

食い入るように有紀を見つめながら身を乗り出してくる様子が、鬼気迫っていてちょっと怖い。

「うん。大丈夫だから、こっちを驚かせるとか心配しないで話してくれていいよ」

「そんな風に畔田さんが優しいから、僕はどんどんおかしくなるんです」

顔色も変わっていないし目も座っていないが、それでも少しは酔っているのか、まばたきもしないで見つめられると息苦しくなる。

「何から話していいのかわからないので率直に言います。インポが治った件ですが」

いきなりそこか？

それはそれで、これから一晩この男の隣のベッドで、いけない妄想と戦わねばならない身としては、聞かされるのがつらい話ではある。

動揺して、グラスに残っていた水割りをつい飲み干してしまう。

「わかってるよ。嶋崎さん、俺の姉の朱実のことが好きなんだろ。前に治ったたって言ってたのも、そのせいなんだ。さっきのキスだって、俺が朱実に似てるからなんだろ」

嶋崎が唖然とした表情になる。

「畔田さんは誤解しています」

「大丈夫だよ。全然誤解してない。待って、先に俺に話させて」

言いかけたからには話しにくいことを一気に言ってしまいたくて、何か言おうとする嶋崎を遮った。

「そのことで謝らなきゃいけないことがあるんだ。俺、脈があるかどうか朱実に聞いてみたんだけど、結論から言えばだめだった。勝手なことしてごめん。でも、嶋崎さんが魅力ないとかそういうんじゃないから。理由は言えないけど、全部俺のせいだから」

「畔田さん」

嶋崎が何か言おうとするのに、言葉をかぶせる。

「俺が弟じゃなかったら、全然可能性がないってわけじゃなかったと思う。ほんとごめん」

(嫌だよ、聞きたくない。聞くのが怖い。自分が何をするかわからないから)

アルコールで弱くなっている今、何かちょっとでもきっかけがあったら、ずっと押しとどめ続けてきた恋心が雪崩を打って、何もかもめちゃくちゃにしてしまいそうだ。

「でも、今の嶋崎さんだったら、たいていの女は落ちると思うよ。朱実なんかにこだわらなくなって、いくらだってもっと……」

「畔田さん、聞いてください。僕が自慰の時に思い浮かべているのは、最近ではもっぱらあなたです」

　水割りのグラスを倒してしまうと、嶋崎がテーブルの上をおしぼりで拭いてくれる。

　この男、何を言った？

「東京タワーに行った後に畔田さんの部屋に寄ったあの日から、僕は一層おかしくなったんです。それまでも、畔田さんが襟元をくつろげていたりすると、シャツの中もこんな肌なのかなとか、試作中のボディローションを塗ってみたいとか思ってしまう自分を、変だと思っていました。でもあの夜の畔田さんは何というか、とても艶《なま》めかしくて、思い出すたびに下半身が申し訳ないことになってしまうんです」

「つまり、俺で抜いてるってこと？」

「あ、はい。ありていに言ってしまえばそうなります」

　ありていに言わなくてもそうとしか聞こえない。

「朱実……俺の姉に気があったんじゃないの？　じっと見てたし、赤くなってた」

「畔田さんに似ていたから、見ていただけです。こういう顔立ちが好みなのかと思って、お姉さんを見たけど恋愛感情は沸かなかった。畔田さんの見た目に惹かれている部分も確かにあるんでしょうけど、それだけじゃないんだとわかりました。それに、下の名前を呼んでみたいなと思っていたから、お姉さんに名前を呼ばれているのを聞いているだけでドキドキして」

　ちょっと待ってくれ。頭の中がぐちゃぐちゃだ。

　ノンケのはずの男に、面と向かってオナペットにしていますと言われた。好みだとか恋愛感情とか、惹かれているとも言われた。これって。この意味って。

「嶋崎さんって、ゲイなの？」

「違うと思います。今まで男性に欲望を感じたことはなかったので。こんな風になるのは畔田さんに対してだけなんです。僕は、恋愛の意味であなたのことが好きなんだと思います。気持ち悪いことを言ってすみません。でも、僕のために恋愛指南までしてくれている畔田さんに邪《よこしま》な想いを隠しているのが、騙しているみたいで申し訳なくて、苦しくて……」

　本気で惚れた相手に、真剣に好きだと言われた。嬉しくてたまらないのと怖いのとで、どうしようもなく体が震える。

　この人と、セックスしたい。

（だめだ。だめだだめだだめだ。そんなこと考えちゃ）

　血中を巡るアルコールの勢いもあって、激しい欲求を抑えきれない。一度でいい。ものすごくいいやらしいことを、したりされたりしたい。

「俺と、寝たい？」

「えっ……」

恋心が、必死に抗《あらが》う理性をねじ伏せにかかる。

長くて太いアレを舐めたいし、自分のソレもこの人に触ってほしい。

男は初めてだろうから、挿入はしなくてもいい。

（だめだって……）

「試すようなことを言うのはやめてください。これでもいっぱいいっぱいなんです。このほくろを見るたびに、キスしてみたいと思ってた……」

熱に浮かされたように、嶋崎の目が二つぼくろを見つめている。

視線で触れられただけで、二つぼくろの官能スイッチがオンになり、完全に理性が吹っ飛んだ。

意識はある。自分が何をしているかもわかる。だが、善悪の判断はつかない。あるのは本能だけ。

「いいよ。しよう」

自分ではわからないが、きっと有紀の表情が変わったのだろう。嶋崎の喉仏がごくりと音を立てて動くのが見えた。必死で情欲をこらえている表情にそそられる。

「でも、畔田さんは酔っているじゃないですか」

「いい気分だよ。手を繋いで、キスをしたら、次はセックスだろ。練習しようよ。生身相手に最後までイケるって安心したいだろ」

「挑発しないでください。あなたの信頼と優しさにつけ込むような真似をしたくない」

つけ込んでいるのはこっちなのにと声を立てずに笑う。有紀には、この瞬間自分がどれだけ淫蕩《いんとう》で妖艶な表情を浮かべているか、全く自覚がない。

下着は洗ってバスルームに干してある。バスローブの下には何も身に着けていない。有紀はバスローブの胸元をぐいと開いた。嶋崎の視線が、露わになった胸に釘付けになる。

「したいの？　したくないの？」

「……したいです」

嶋崎の理性も陥落した。


「いい匂い。畔田さん、畔田さん……」

首筋に鼻を埋めて深々と匂いをかがれる。素面だったら、その恥ずかしさに耐えられなかったかもしれないが、アルコールで飛んでいる有紀は含み笑った。

「くすぐったいよ。備え付けのボディソープ。嶋崎さんと同じ香りじゃないか」

「そうじゃないです。フルーツみたいに爽やかで甘い香りがする。綺麗な人は肌の香りまで綺麗なんですね。ここも、すごく綺麗だ」

歯が浮くようなことを大真面目に言って、平らな胸の色付きを吸い上げてくる。

「あ、あっ。はん！」

きゅっと吸い上げられて、途端に背中がしなった。

「吸っていたら、膨らんで石榴《ざくろ》の実みたいになった。甘い。美味しい」

男のそんなところから何かが出るわけがないので、甘いのも美味しいのも、嶋崎の妄想だろう。

胸を弄られることにはあまり耐性がない、というか、自分がイニシアチブをとれないと不安で、ほとんど受けたことがない。最初の恋人だった小井土は、自分の欲望だけを優先して、愛撫《あいぶ》的な行為は一切しなかった。

乳首を吸い出され、舌先で転がされている間にも、嶋崎の手は有紀の全身を這い続ける。指が尾てい骨の辺りや尻肉の谷を行き過ぎるたびに、体が痙攣《けいれん》するように跳ねた。こちらが愛撫をするつもりでいたのに、されるばかりで反撃の余裕を与えられない。

日頃の朴念仁《ぼくねんじん》ぶりには似合わない、手慣れて迷いの一切ない動き。有紀には想像もできなかった体位を次々に取らされての、極上のフルコースのような愛撫。

以前、年上のセックスフレンドたちと愛のない行為に溺れた高校時代の話をしていたことがあるが、確かに嶋崎は性技に驚くほど長けていた。有紀は十年近くタチをしてきたが、驚くこんなに濃《こま》やかかつバリエーションに富んだ前戯を相手にしてやったことはない。

(この人、脱いだら別人。って言うか、うますぎ)

「どこもかしこもどうしてこんなに綺麗なんですか。それになんですかこの肌は。どうしてこんなに手触りがいいんですかっ」

嶋崎はだんだん高ぶってきて、しまいには切れ気味に畳みかけられるが、そんなことを聞かれても自分でわかるはずがない。

有紀にとっては、嶋崎こそ美しかった。浅黒く引き締まった肌は艶やかで、その肉体は俊足の肉食獣のように無駄がない。

自分の体もそれなりに締まっているし悪くはないと思っていたが、初めて見た時から理想そのものだったボディの前では気おくれを感じる。少なくとも、この男にこれほど崇《あが》められるほどのものではない。

そんな理想の体の持ち主に組み敷かれ、無我夢中の止まらない様子で体中を舐められまさぐられていると、意識を半分以上飛ばしていてさえ、度が過ぎた恥ずかしさで悶《もだ》えてしまう。飲んでいない時だったら、どうなっていたかわからない。

嶋崎が体の位置を変えるたびに、時折腿に当たるものがある。

(あ。勃ってる)

それも、血管が浮き立って凄いことになっている。ここまでカチカチになっていると痛いんじゃないだろうか。不能だったはずの男が、自分の体に欲情してこうなっているという事実が、身震いしそうなぐらい嬉しい。

「凄いね、これ」

手で触れると、「うっ」と呻《うめ》き声を上げる。

「俺、舐めるから」と言ったのに、嶋崎が急に金的をくらった人のように、大事な場所を抱えてうずくまった。

「どうしたの？」

「そ、そんなことを言うので達しそうになったじゃないですか。だめです。暴発します」

前かがみの姿勢がおかしくて笑っていると、嶋崎の指が明確な意図を持って、双丘の狭間に触れてきた。

「あ、そこは」

「ここは嫌ですか」

「俺……」

体がすくむ。正直怖い。小井戸にされた時にはよく出血したし、熱を出した。それに、男の声で喘《あえ》ぎやがってと言われた時の心の傷が、しつこく疼いてくる。声が出て、男としているんだと我に返った嶋崎に嫌われたらと思うと、体が傷つくこと以上に怖い。

嶋崎は無理強いしないだろう。嫌だと言えばいい。でも、きっと嶋崎はすごくしたいんだろう。熱くなった体が爆発する前みたいに細かく震えていて、同性だけに嶋崎がどれだけ激しい情欲をこらえているのかがわかる。

だが、嶋崎はこう言った。

「本音を言ってしまえば、今夜あなたを全部、僕のものにしてしまいたい。でも、僕だけいいのは嫌です。畔田さんが嫌なことはしたくありません」

その言葉で覚悟が定まった。少年の頃に耐えられたものが、今の有紀に耐えられないわけがない。あの頃より体も大きくなっているし、そういう行為への知識もある。

ＸＬサイズの嶋崎は、Ｍサイズだった小井土よりずっと受け入れるのが大変そうだが、一つになれるなら、体なんてどうなっても構わない。

嶋崎がしたいなら、いい。抱かれてもいい。

「いいよ、挿《い》れて。俺で気持ちよくなって」

バスルームで広げてくると言ったのに、見せろと言って聞かない。アルコールで理性が飛んでいなければ何が何でも抵抗しただろうし、後で激しく後悔しそうな予感もしたが、根負けして目の前で解した。

念のためにバスタオルを敷いて、アメニティの乳液を使う。男の目には、有紀の姿が予想外に刺激的に映ったようだ。

「ああ……」

感極まった震える声を上げて、秘部を見つめられるのは、理性のネジが飛んだ今でも耐えられる限界ギリギリだった。人のそこを解してやったことはあるけど、自分のは久しぶりだ。やっと一本含ませたばかりの場所に、嶋崎の指が滑り込んできた。

「ん、ぅう、っふ、……」

丁寧に、でも大胆に、有紀の狭い場所を広げていく。指が三本まで差し込まれると、異物感は耐え難くなった。

「あ！　やだ、もう無理。あ、あぁっ」

「充分解さないと、畔田さんがつらいですから」

そう言う嶋崎の方が、つらそうな顔をしている。早く挿れたいんだろうに、有紀に怪我をさせないことを優先してくれているのだ。

「絶対我慢はしないでください。自分だけ気持ちが良くて畔田さんが苦痛を感じているなんて嫌です」

指だけでも精一杯で、既にめいっぱい我慢しているんだけど、と思うけれど、やめてほしくないので涙目で頷く。

時々、電極を当てられたようにぴりっとなる場所がある。不快感より未知の快感の萌芽が怖くてやめてほしいのに、有紀の反応を見て嶋崎がそこばかり刺激するようになった。

三本もの指をぐちゅぐちゅと出し入れされて気持ちいいなんて、自分の体はどうなってしまうんだろう。有紀の兆しは萎える気配もない。

「ずいぶん柔らかくなりました。僕もそろそろ限界です」

やがて、嶋崎の先端が入り口に押し当てられ、ゆっくりと有紀を割り拓いて行った。

「あ――――!!」

挿入の衝撃は、予想をはるかに超えていた。

(体、裂ける!)

腰骨にドリルで穴を空けられていくようだ。本当は、「ぐわあああああ!」とか色気とは無縁の苦悶の声を上げそうだったが、痛がっていると知られたらきっと嶋崎は止めてしまうから、必死で耐えた。

エロスイッチが入った時の有紀は奔放で、快楽最優先になるのが常だ。したいことはするけれど、嫌なことは絶対にしない。自分では覚えがないけれど、ネコと見せかけてタチに豹変《ひょうへん》した相手を放置して帰ったこともあるらしい。

なのに、今は快感の欠片もない行為でも、嶋崎を受け入れたくて必死になっている。

ああ、俺、本当に嶋崎さんのこと好きなんだなあ、と実感した。

侵入半ばのモノを止めて、嶋崎が心配そうな顔で有紀の額を拭ってくれた。

「苦しいんですね。こんなに汗をかいている。抜きましょうか」

「嫌だ。抜かないで」

こんな風にタガが外れていても、いや、外れているからこそ、体が本能を超えた想いに従う。嶋崎に喜んでほしい。一つに繋がれるなら、苦しくたっていい。

「ん……はぁ……」

少しでも意識をそらそうと、自分のペニスをこすっていると、それを見咎《みとが》められる。

「自分でしているんですか。いやらしくて可愛い」

快楽を貪るためにそうしたんじゃなくて、苦しみを逃すためにしていたんだと言いたいけれど、言えない。

いきり立った巨大なものが、喉まで突き破るんじゃないかというぐらい、有紀の中を犯していく。全部入ったと言われた時には、短い呼吸をするのが精いっぱいだった。

やがて、ゆっくりとした抜き差しが始まる。感じてしかたない場所を、嶋崎の猛《たけ》りが擦って行く。最初は苦しさばかりだったはずなのに、指で刺激されていた時感じた曖昧な快感が次第に育ってくるのが怖い。

「……すみません。一度イってもいいですか？　よすぎて、我慢できない」

「イって、もうイって……」

すると、「一緒にいきましょう」と有紀のものを握って扱《しご》き始めた。

傷つけるのを恐れてゆっくりと腰を送っていた嶋崎も、たまらなくなったように高速で出し入れを始めた。自分の体で嶋崎がこんなに興奮していると思うと、有紀も感じて震えた。やがて嶋崎が強く叩きつけるような動きになる。

「やっ、あっ、あっ、あっ！」

有紀が自分の腹の上に白濁を噴き上げるのと、嶋崎が有紀の中を濡らすのは、ほぼ同時だった。

「早くてすみません」

汗ばんだ額から髪を掻き上げてくれるのが気持ち良くて、まだ酩酊《めいてい》の中を漂いながら「ふふ」と笑う。早くなんかない。これ以上長いとしんどかった。

「俺、後ろって無理だと思ってたけど、かなりよかったかも」

じっと見つめ合っていると、胸がきゅんとなる。やっぱり男前だなあ……と見惚れていたのに、

「二十四時間眺めていたい」

嶋崎が口を開いたから台無しになる。

「写真に……、いや、動画に……、いっそ全部のパーツを型取りしたらどうだろう」

願望が口からダダ漏れていることに気づいていないようだ。有紀の等身大フィギュア？

(冗談じゃない。そんなものをどこに置くつもりだ)

「僕の作ったローションで、この体をぬるぬるにしたい」

純情な男だと思っていたのに、初めて結ばれた直後にもうローションプレイのことを考

えているってどうなんだ。

「そうだ。こういう場面で粘膜にも使えるようなものを開発しないと」

（そういうのは大久保薬品では扱わないと思う）

黙っていればいつまで聞くに堪えない妄想を垂れ流すのかわからないので、合いの手を入れてみる。

「嶋崎さん、ぬるぬるプレイとか好きなんだ？」

すると、嶋崎が天啓《てんけい》でも受けたような顔をした。

「……ただ塗ることしか考えていませんでしたが、ぬるぬるプレイ……」

ただでさえフェティッシュな男に、余計な入れ知恵をしてしまったらしい。有紀の中に納めたままだったものが、内部でぐんと膨らむのがわかった。

「あっ」

（ぬるぬるプレイ妄想で興奮するな！）

「やっ、あっ、あっ！」

「すみません。もう一度」

その状態の男にだめだと言って聞くはずもなく、続く第二ラウンドは嶋崎に余裕ができた分一度目よりもねちっこく、有紀は声が枯れるまで翻弄された。

(やってしまった)

欲望に忠実になり過ぎた。淡く痛む窄《すぼ》まりを感じるまでもなく、記憶がしっかり残っているところが、また怖いところだ。

(何やってんの俺。何やってんの!)

ビッチそのものの仕草で男を誘い、後先考えずに寝てしまった。

好きだから、心の奥底ではずっと寝てみたいと思っていたんだと思う。けれど、思うこ
とと本当に実行してしまうこととは全然別物だ。

目が覚めているけれど、嶋崎の顔を見られなくて、目が開けられない。

「畔田さん、そろそろチェックアウトの時間です。服が届きましたよ。着替えられますか?」

優しい声が有紀を呼ぶ。ずっと寝たふりをしているわけにもいかなくて、薄く目を開け
ると、果たしてそこには、恋愛が成就したての恋する男そのものの顔があった。

顔が近い。

この人とキスしたりそれ以上のこともしたんだと思うと、胸の中が、きゅうううううん、
と締め付けられて、甘酸っぱいものでいっぱいになる。

(好き)

「思ったより蓮っ葉で幻滅した」とか、「抱いてみたら興ざめ」とか思われていないらし

いようで、ひとまず安堵《あんど》する。

「体、大丈夫ですか？」

「あ、うん。平気」

「疲れただろうから、今日は寄り道せずに送りますね」

嶋崎の様子は明らかに浮かれていた。舞い上がっていると言ってもいい。今まで以上に甲斐甲斐しいし、時折さも幸福そうに、とろけるようなまなざしで有紀を見つめてくる。

確かに恋愛感情を持ってくれていると確信できる。

（嬉しい）

嬉しい。今まで生きてきた中で一番嬉しい。だが、

「なんて可愛いんだろう。畔田さんは綺麗だけど、ベッドの上ではすごく可愛いです」

続けた言葉に、嫌な既視感を覚えて背筋が寒くなった。

――『可愛いよ、有紀。いつも可愛いけど、ベッドの上の有紀が一番可愛い』

関係を持った最初の頃は、小井土も優しかった。しつこいぐらい有紀のことを可愛いと言っていたのに、ある時急に有紀が男であることへの嫌悪を剝き出しにした。

ノンケなら、女を愛する方が自然なのだ。嶋崎だって、今は好いてくれているとしても、いつかは目が覚めて女のところに帰るのではないか。小井戸のように。

可愛いという言葉は嫌いだ。自分が可愛くないのを知っている。一年歳をとるごとに、

どんどんその言葉から遠ざかっていることも。

「俺は可愛くなんかない」

「可愛いです。それに、思った通り、顔だけじゃなく全身の肌がうっとりするような手触りだった」

——『肌なんて女の子よりすべすべだ。有紀が可愛いからこうするんだよ』

(嫌だ。嫌だ嫌だ嫌だ。小井戸の言葉なんか忘れろ)

可愛い、可愛くない、と押し問答を繰り返すたびに、悪寒がひどくなる。

朱実と話して、昨夜嶋崎に一晩中愛されて、小井土の刻んだ傷を克服したつもりでいた。それなのに、目の前に好きでたまらない人が手を差し伸べてくれているというのに、ここで立ち止まるのか。

(いつまで引きずるんだ。いつになったらまっさらな心で人を愛せるようになるんだ)

だが、必死に抵抗しても、馴染み深い恐れは根絶やしにできない雑草のようにはびこり、瞬く間に心を暗く覆っていく。

嶋崎は小井戸とは違う。どんなにそう思おうとしてみても、恋人が『姫だと思っていたものがヒキガエルだった』と気づいた人の目で有紀のことを見た、あの瞬間の恐ろしさが消えてくれない。あの、世にも暗い日々。終わりの来ない悪夢に落とされたような感覚。

「畔田さんが可愛いと言われるのが嫌いなのはわかりました。でも、ふるいつきたいぐらい好きでたまらないくて、ぎゅっとしたり撫でまわしたりしたいのを我慢していると地団太を踏みたくなるような気持ちを、他にどう言っていいのかわかりません」

嶋崎が好きだ。小井土なんかよりずっと、比べ物にならない程好きだ。そんな男とつきあったら、有紀はきっとどうしようもなく深く溺れる。そうした後で嶋崎が我に返って、どうして男なんかに血迷ったんだろうと思う日が来たら、小井土の時以上に粉々になる。有紀はもう二度と浮上できない気がする。

いや、有紀はそれでもいい。短い間でも嶋崎に愛されるなら、その後で修復不能なぐらいに砕け散ったとしても、終わりのない地獄のような日々が待っているのだとしても、決して悔いはしないだろう。

だが、結婚願望があって子供好きで、そういう人が婚約者に去られて弱っているのにつけ込んで、こっちに引き入れていいのか。一時の情熱に負けて有紀とつきあって、我に返る時が来たら、嶋崎は激しく後悔するんじゃないだろうか。

「……嶋崎さんはしばらく彼女がいなかったし、俺とばっかり一緒にいたから、勘違いしちゃったんだよ」

「勘違い？」

「そう。一時的に性欲が誤作動してるだけ。俺、酔うと人格変わるらしいから。そういうのに当てられてうっかり寝ちゃっただけで、恋愛じゃないんだよ」

「どうしてそんなことを言うんですか。僕の気持ちを受け入れてくれたから、許してくれたんじゃないんですか。これが恋愛じゃないと言うなら、僕は恋愛というものがわからなくなる」

嶋崎は怖いぐらいに真剣な目をしている。一言一言を、重い球を打ち込むようにこちらにぶつけてくる。一球でも避け損ねたら、きっと有紀は流される。

「性欲の誤作動なんかじゃない。逆です。インポが治ったのも、セックスができたのも、あなたが好きで、欲しくてしかたがないと思ったからだ。こんなに誰かを尊いと思ったことはないし、これほど誰かに触れたいと思ったこともない。あなたの顔を昼も夜も思い浮かべている。この気持ちが全部、勘違いだって言うんですか」

嶋崎の言葉がガツンガツンと心の真っ芯に当たるたび、全身が激しく揺さぶられて、恋心と迷いと切なさと喜びがぐちゃ混ぜになる。

帰路で、有紀はほとんどしゃべらなかった。

「座るのがきつかったら、リアシートで寝ていていいですよ」と言ってくれた言葉に甘えて、シートに横になって目を閉じ、昨日からのことを延々と考え続けていた。

考えれば考えるほど、相手を喜ばせる言葉を言うわけにはいかないとしか思えなくて、胸がちぎれそうになる。

男同士の交際には、形として見える未来がない。無意識の差別に傷つけられ、日常的に嘘をつき続けることになる。友人にも会社の人間にも言えないし、嶋崎の両親は確実に悲しむ。すべて、有紀が辿ってきた道だ。

細く曲がりくねったこの道を、嶋崎にも歩かせるのか。それでいいのか？

嶋崎の気持ちは本物だと思うけれど、婚約破棄された後でゲイの有紀に出会わなければこうはならなかった。言わば人生の混線で起きたことだ。

（やっぱり、できないよ）

嶋崎に幸せになってほしくて始めた恋愛指南で、コーチ役の、それも同性の有紀に惚れさせてどうする。真面目でまっすぐな嶋崎だからこそ、脇道にそれたら器用に本道に戻れないかもしれない。何度考えても、昨日のことは酒の上での間違いで済ませなくてはいけないという結論に至る。

有紀がほとんどしゃべらないので、嶋崎の口数も減っていた。朝はあんなに嬉しそうにしていたのに、不安そうな、こちらを窺《うかが》う様子をしている。胸が痛むけれど、道を踏み外させるよりはましだと思いたい。

パジェロが有紀のマンションの来客用の駐車スペースに停まる。「ここまででいいから」と言ったが、嶋崎は「部屋まで送ります」と言う。

マンションの部屋の鍵を開けると、

「畔田さん」

背中に張りつめた声がかかる。振り返ればきっと、声と同じように不安と緊張を孕《はら》んだ顔をしているはずだ。

「また会ってくれますか？」

「……今日は疲れたから」

会うと言えば関係を受け入れたことになるし、部屋に上げたらまた期待させる。だから、長距離の運転で疲れているはずの嶋崎を、部屋に誘いもせず、振り返ることさえせずに扉を閉めた。

一人になると、関節という関節が外れてしまったように体に力が入らなくなって、ずるずると沈みこむ。有紀は三和土にしゃがみこんだまま、両手で顔を覆った。

（全部俺が悪い）

最後に一度だけ、恋人みたいなデートをしたいと有紀が欲を出したから、嶋崎を血迷わせた。ゲイじゃない男に、男の体なんか抱かせてしまった。後悔と申し訳なさ、好きな男に好きと言えない切なさで、ずっと我慢していた涙が溢れてきた。

嶋崎はずっと優しかったし、有紀を大事にしてくれた。

セックスは最初こそ苦しかったけれど、だんだん気持ちよくなったし、長い時間交わっていたのに思ったほどのダメージもない。自分勝手だった小井土の時とは比べるべくもない。嶋崎は、それだけ有紀の体を丁寧に注意深く扱ってくれたのだ。

「好き。嶋崎さんが大好き」

言えなかった言葉が溢れて、三和土《たたき》に雫《しずく》の染みをつける。有紀自身は、ずっと嶋崎みたいな恋人が現れるのを待っていた気がする。海辺のホテルの一室で、自分もずっと好きだったと言えたらどんなに幸せだったろう。両想いの真実を嶋崎に伝えられるなら、次の瞬間雷に打たれて死んでもいいとさえ思うのに。

常識に欠けるところもあるけれど、基本的に嶋崎は優しい人間だ。きっと思いやり深い夫になって、優しい父親になる。そういう未来が、嶋崎には似合っている。

「嶋崎さんは、俺にはもったいないよ……」

自分に向けられた感情の純度や熱量の高さを感じてはいたけれど、嶋崎が戻れるうちに元の軌道に乗せなくてはと、繰り返しそればかりを自分に言い聞かせていた。

第七章

〈当分忙しいから。会えそうになったらこちらから連絡する〉

駅のホームで短く素っ気ないレスを送信してから、有紀はため息をついた。

海から帰った日から、嶋崎からのメールの頻度は上がって行く一方だ。着信履歴は嶋崎で埋まっている。

最初は有紀の気持ちを窺うようだったメールが、次第に痛ましさを増していくまで、そう時間はかからなかった。

〈酔ったあなたにあんなことをしたから、怒っているんですか?〉

〈僕は畔田さんを傷つけたんでしょうか〉

〈会って謝りたい〉

〈五分でいいので、会ってもらえませんか〉

本音を答えられないメールばかりで、〈怒っているわけじゃない。今は忙しくて会えない〉という返事しか送れない。

電話にも二度ほど出たが、メールよりもっと気持ちをごまかすのが難しいから、〈忙しいので電話は取れない。電話はしないでほしい〉とメールで伝えた。

卑怯だと思うし、情けないとも思う。だが、嶋崎を前にして気持ちを隠し通す自信がない。有紀を早く忘れさせるような言葉があればいいのに、何も思いつかないから、逃げ回っているような状況だった。

マンションに帰りついても、何をする気も起きない。健康のために自炊中心の食生活を送っていたのに、今は何を食べても美味しくない。食事の支度も面倒になって、最近はコンビニ弁当ばかりだ。

以前なら、こんな風に早目に帰れる日には、嶋崎と待ち合わせをしたものだった。

(一緒に食べたオムカレー、間に合わせだったのに美味しかったなあ)

オムカレーだけじゃない。嶋崎が用意してくれたバースデーケーキも、一緒に行った店の食事も、全部美味しかった。

「嶋崎さんが一緒だったからだよな」

思わず独り言を言ってしまってからハッとする。

一緒にいるとほっとして、笑っていることが多かった。ゲイであることや嶋崎への恋心は隠していたけど、それ以外の部分では素が出せた。

ぼんやりと、あんな人にはもう会えないだろうなあ、と思う。

「嶋崎さんは、今頃何を食べてるのかなあ」

また口に出して言ってしまって、たびたびの独り言が恥ずかしくなる。一人でばかりいるから、独り言が増えたのかもしれない。

　変わり映えのしない弁当を、食べる前からうんざりした気持ちで取り出していると、メールの受信音が鳴った。

　嶋崎からのメールで、さっきの素っ気ない返信に、いつものように〈それじゃ、連絡を待っています〉というレスが来たんだろうと確認すると、文面が思っていたより長い。

　メールは、〈畔田さんは、海に行った日、恋愛指南はこれが最後だからと言っていましたね〉という書きだしで始まっていた。

〈そんな日に、男の僕から告白なんかされて、さぞかし困惑したことでしょう。あの日、受け入れられたと思って有頂天になってしまったけれど、体を許してくれたことも、僕への同情だったんだろうと思うようになりました〉

　痛々しいような文章に、胸が痛くなる。

〈同情なんかじゃない。好きだよ。告白されて嬉しかった。嶋崎さんとそうなれて、本当は嬉しかったんだ〉

〈それならそう言ってくれて構わないから、一度だけ話をしてもらえませんか。目を見て、声を聞いて、納得したいんです。これから部屋に行きます。忙しいということなので、まだ帰宅していないかもしれないけれど、ずっと待っています〉

　部屋に行く、という件《くだり》を読んで、弾かれたように立ち上がる。

（嶋崎さんが来る）

外から灯りが見えるかと、咄嗟に部屋のライトを消した。

どうしよう。出かけようか。でも、今どこにいるのかわからない。外で出くわしてしまうかも。立ったり座ったりを無駄に繰り返し、部屋の中をうろうろしていると、チャイムが鳴ったのでびくっとなる。

足音を忍ばせてドアスコープから覗いてみると、嶋崎が映っている。二度、三度とチャイムが鳴って、有紀は耳を塞いでドアから離れた部屋の隅にうずくまった。

三十分ほどして再びドアスコープを覗く。まだ嶋崎がそこにいる。

その姿があまりにも悄然《しょうぜん》として見えて、胸を衝かれた。

冬のことで、特に今夜は底冷えがする。寒いだろう。手もかじかんでいるだろう。

諦めて帰ってくれないだろうか。有紀のことなんか、早く忘れて。

（早く帰ってくれ。早く……）

嶋崎が可哀想で、招き入れて温かいものを飲ませてやりたくて、部屋の隅にうずくまったまま手が震えてしまう。

耳を澄ませていても、マンションの外廊下にいつまで経っても足音が響かない。やっと靴音が聴こえたのは、終電の時間が近い、もうじき日付が変わろうという頃だった。

カーテンの影から外を覗いて、遠ざかる後ろ姿を見送った。寒い思いを共有したからといって、嶋崎への罪滅ぼしになるわけでもないのに、男の姿が消えてもその場所から動けない。

そのうち窓から見える空が白んできた。

冷え切った体を引きずって、朝の支度をするために、洗面台の前に立つ。青ざめて、少し痩《や》せて、目ばかりが潤んでいる自分が鏡に映る。こんな顔を見せられるわけがない。嶋崎への恋わずらいで半病人のようだ。

また嶋崎が訪ねてきたら、いつかドアを開けてしまう。

もうここにはいられない。


引っ越し日は有給休暇を取って平日の昼間にした。土日にこちらに来た嶋崎と鉢合わせしてしまったら、引っ越す意味がないからだ。

嶋崎の思い出のある部屋を出た方が、気持ちを切り替えられると思ったが、新しい部屋に移ってみると、思い出さえもなくなってしまった気がして、想像以上に落ち込んだ。

嶋崎のメールを受け取るのがつらくなって、着信拒否にしたのもその頃だ。

一方、そんな中でも仕事の方は順調だった。

『アスキア』は、無事クリスマス前に発売になった。プレスの仕込がよかったのか、結構話題をさらったし、発売の前後は各地の営業部向けに新製品の説明をする商品説明会などで忙殺された。奇しくも嶋崎に忙しくなると言った言葉通りになったわけだ。

年末年始には例年通り実家に帰った。引っ越しの報告を実家と三人の姉、まとめて済ませる。

「うーき、あしょぼ」

夏と比べて一層動きが速くなった汐音が、有紀の袖を引っ張る。部屋の中でも、有紀が誕生日にあげたリュックを背負っている。

「汐音、使ってくれてるのか」

「お気に入りなのよ。どこに行くのにもずーっと背負ってるの」

亜紗が言うと、汐音はリュックの中からおもちゃを取り出して有紀に一つ一つ見せ始めた。これは嶋崎と最初に二人で会った日に買ったんだったな、と思い出す。

(一日が終わるのが惜しくて、いろいろな場所をはしごしたんだっけ)

トイショップで見たボールコースターを有紀が面白がったせいで誕生した、嶋崎の手作りボールコースターまで一気に思い出してしまう。

あの日に帰れたら、自分にどんなことを伝えるだろうか。絶対好きにならないようにと警告するのか。友情を踏み越えて体を交えることなどないようにと忠告するだろうか。

どんな道を辿っても、有紀は嶋崎に惹かれたような気がするし、最後には恋心が募って手を出してはいけない人に手を出し、美しかった全部を台無しにしてしまうんじゃないかという気がする。

汐音を中心にみんなが盛り上がっている時、朱実にリビングの隅に連れて行かれた。

「有紀。嶋崎さんが、有紀の引っ越し先を教えてもらえないかって一昨日の夜訪ねて来たわよ」

横浜まで行ったのかとぎょっとする。嶋崎が有紀の転居に気づいて、有紀を探しているのだ。

「どうなってるの？　有紀はあの人が好きだったんじゃないの。あの人、あんたのストーカーになっちゃったってこと？　それなら、警察とか」

「違うよ。全部俺が悪いんだ」

「あたしの勘通り、あの人あたしなんか眼中になくて、最初から有紀のことしか見えてなかったのよ。あんたに謝りたいことがあるとかで、ずいぶんと思い詰めた感じだった。面倒事じゃないなら、早目にきちんと話をつけた方がお互いのためよ」

朱実の言う通りだ。ずっと逃げ回っているからお互いに引きずる。

でも、まだ面と向かって話す心の準備ができていない。

「あんたは昔から、色恋沙汰に関しては超ネガだったわよね。最初が悪すぎたせいだと思うけど、なんでも全部自分のせいにするのって、解決策を考えることを放棄してるのと同じことよ。綺麗に終わらせようとしないのは、完全に切れたくないって隠れた願望があるからなんじゃないの？　たまには自分の気持ちに素直になったらどうなの？」

その時、亜紗が声をかけてきた。

「ねえ有紀。前に二つ隣に住んでた嶋崎さんって覚えてる？」

「えっ」

「汐音がベランダに入り込んじゃったおうちの。あの方が昨日訪ねてみえて、有紀の連絡先を教えてくれって言われたんだけど、転居先を教えてもいいかしら？」

呆然としていると、有紀のスマートフォンがメール受信を知らせた。差出人は珍しく安住だ。

文面を読んでいたら、一瞬平衡感覚がおかしくなってぐらりと体が揺れた。

〈お前と嶋崎さんってどうなってんの？　お前の引っ越し先を教えろってがんがんメールが来るんだけど。つかお前、引っ越したなら教えろよ〉

ストーカーと紙一重、いやもうそのものと言っていいようななりふり構わない攻勢に白旗を上げた形で、着信拒否を解除し、嶋崎と会う約束を取りつけた。

〈俺は本当は嶋崎さんのことを好きだからいいけど、大抵の相手はこの勢いで追い回したら、逆効果なんじゃないか？）

逆効果どころか通報される。そんな男にドン引きするどころか、

（まだそれほど俺のことを好きでいてくれてるんだ……）

と思って胸を熱くしている有紀こそ、どうかしている人々の仲間入りをしかけていることに、当然ながら当人は気づかない。

待ち合わせ場所には悩んだ。また流されでもしてはいけないから部屋には行きたくないし、新しい部屋も教えたくない。かと言って、込み入った話を誰が聞いているかわからない場所でしたくもない。変に雰囲気のある場所でもまずい。

適度ににぎやかな、個室のある場所ということで、結局カラオケ店を選んだ。知っている誰かと出くわす危険を回避するため、職場からも離れた場所をチョイスする。

店に着くと、嶋崎はもう指定された店の待合スペースに来ていた。髪が伸びていたが、教えられたとおりに顔に掛からないようスタイリングしているので、かえって色気がある。体にしっくりなじんだスーツが長い手足を強調し、スペースにいる女性たちの目を惹いていた。

（ああ。かっこいい。ものすごくかっこいい……）

しばらくぶりに見る嶋崎に痺《しび》れたようになって、一度だけ嶋崎を受け入れたことのあるひとりでに濡れるはずのない場所が、濡れたような錯覚を覚えたほどだ。

「久しぶり」と手を上げると、嶋崎がイケている外見にそぐわない、くしゃくしゃっとした気弱な笑顔になる。

個室に入り、近過ぎない距離を慎重にとって座ると、嶋崎がしみじみと言った。

「やっと会えました。本物の畔田さんだ」

近くで見ると、最後に見た時より少し痩せているようだ。

「ちゃんと話そうとしなかったことは謝るよ。でも、姉たちのところに行ったり、安住にまでメールを何通も送りつけたりするのは、もうやめて」

本当は、そこまでして会おうとしてくれたことが嬉しかった。けれど、周囲にまで迷惑をかけるような行動は控えてほしくてそう言った。

「すみません。でも、他に会える方法がわからなかったので。本社の前にも何度か行ったけど、職場に押しかけたらきっと嫌がるだろうと思って」

やっぱり。そこまでする男が、確実に有紀がいることがわかっている本社に来ない方がおかしいと思っていたのだ。

「俺はともかく、今後のために言っとくけど、そういうのは度を越せばストーカー行為と取られる可能性もあるから」

「す、すみません。畔田さんに会いたいということしか考えていなかったです」

プチストーカー化している自覚がなかったのか、青ざめている。

「どうしても海に行った日のことを直に謝りたかったんです。僕は、畔田さんが僕のことを少しは好きでいてくれるのかと……誘ってくれているんだと勘違いして、あんなことをしてしまいました。でも、そうじゃなかったんですよね。酔いが醒めた時、畔田さんがどんな気持ちになっただろうと思うと、あの日の自分をぶちのめしてやりたいです」

嶋崎が苦しそうな表情をして汗を浮かべているのが可哀想でしかたなくて、有紀は黙って自分のハンカチを嶋崎に手渡した。

嫌いになった、セックスも嫌だった、と言ってしまえば、嶋崎も二度とつきまとわないだろう。だが、同じようなことを言って婚約者にふられたことのある嶋崎を、これ以上傷つけるのは嫌だ。嶋崎を納得させて有紀を思い切らせるために、有紀の方でも嶋崎を好きだということは伏せて、ある程度本当のことを言おうと決めてここに来た。

「俺が今日会おうとしたのも同じ話。嶋崎さんは、あの日のことを自分のせいみたいに思ってるようだけど、そんなことないから。俺、ゲイなんだよ。酔っていたのは本当だけど、誘った自覚、あるし」

「えっ？　畔田さんってゲイなんですか？」

嶋崎の声が、驚きでひときわ大きくなる。その言葉が発せられる直前に、部屋の扉が開いた。折悪しく隣の部屋の音楽が途絶えて、必要以上に響き渡った『ゲイなんですか？』の部分に、飲み物を運んできた店員が一瞬怯んだのがわかる。

（なんでこんなところで無駄にゲイばれしなくちゃいけないんだよ）

「うん、芸達者ってよく言われるんだよね」

リカバリーしている間に店員が出て行ったが、ごまかせたかどうかはわからない。

「嶋崎さんさ。相手が人に聞かれたくないだろうということを口に出す時には、聞いている人がいないか気をつけてくれよ」

「あ、そうですね。失礼しました」

本当にわかっているのか。

「で、話の続き。嶋崎さんは寝たことに責任とか感じてるのかもしれないけど、俺はそれなりに遊んできたし、酔った勢いでのああいうことも結構あったりする。だから、嶋崎さんも、ちょっと変わったセックスしちゃったなあって程度で、忘れてほしいんだ」

（貞操観念薄いビッチだと思われるんだろうな）

本当は有紀はそんな節操なしではないし、好きな相手に軽蔑され失望されるのはつらい。でも、嶋崎がいわれのない罪悪感や劣等感を抱くぐらいなら、有紀みたいなふしだらな奴はこっちから願い下げだと愛想尽かしされた方がいい。

だが、嶋崎の反応は有紀の予想とはまるで違っていた。

「忘れられるはずがないです。畔田さんにとってたいしたことでなくても、僕にとっては絶対忘れたくない、世界が変わってしまうぐらい大きなことだったんです。男同士がだめじゃないなら、どうして僕を避けたんですか？　僕に魅力がないってことですか？　セ、セックスがだめだったんでしょうか」

嶋崎の声も表情も真剣そのもので、質問が重なるにつれて、次第に悲痛な色を帯びていく。

聞き耳を立てているのかというタイミングで、またしても店員が食べ物を運んで来た。部屋に放たれた「セックス」という単語を打ち消すことはもはや不可能なので、

「そんな女の言うことなんか、気にするなよ」

と言って、話題が男女間でのことであるように偽装した。疲れる。込み入った話はカラオケルームですら難しい。だが、もう新しいものを注文しない限り、店員の部屋への出入りはないだろう。

「女の人がどうかしましたか？」

「……いや、何でもない」

ここでセックスがだめだったと言ったら、この人にとっては相当なトラウマになると思うから、絶対にそれは言えない。

「そんなことないよ。気持ちいいなって時もあったし、魅力だってちゃんとあるよ。ただ、俺がだめなんだよ。ノンケと社内の人との恋愛は、自分の中でナシなんだ」

「のんけってなんでしょうか？」

「ゲイの要素がない普通の人。嶋崎さんはどっちも当てはまるだろ。だから、俺にとっては対象外なんだよ」

「世の中にはゲイ要素がない男の人の方が多いでしょうし、身近にいる人と恋に落ちる方が多いものでしょう。それなのに、どうして除外してしまうんですか？」

「怖いから。身近な人と恋に落ちれば、恋が終わる時に周囲を巻き込むし、下手をすれば居場所を失う。会社を辞めざるを得なくなるとかね。ノンケが嫌なのは、若い頃ろくでもないことがあった後遺症。女でも大丈夫な人は、いつか必ず女に帰っていくから。それにほら、やっぱり世間体だってあるし。嶋崎さん、子供好きだろう？　俺なんか構ってないで、彼女を作って結婚したらいいんだよ」

　これは長い間有紀の中にあった本音だけれど、これまで口に出して誰かに言ったことは一度もなかった。初めて自分から、自分の弱さを人前に晒している。世の中をうまく渡っているはずの大人の中に、もう二度とああまで傷つきたくないと震えている、臆病な十七歳の自分がいる。

「それが僕を避けていた理由ですか？　僕がゲイではないこと、子供が望めないこと、社内恋愛になること」

　嶋崎が澄んだ目で見つめてくる。

「うん」

「僕が嫌いなわけではない？」

「うん。でも、俺にとってそれはどうしても克服できない生き癖みたいなものだから。意気地のない奴だって軽蔑してくれていいよ。だから、もう俺のことは忘れて。探したり、無理に会おうとしたりしないでほしい」

「よく、わかりました。今日会ってもらえてよかったです。腑に落ちたので、思い切ることができました。もう居場所を聞きまわったりしません」

ここに来たばかりの時には不安げだった顔が、自信を取り戻して、本当にすっきりしている。嶋崎は吹っ切れたのだ。

（よかった。ここに来て。これで、嶋崎さんは前に進める）

そう思うのに、苦しい気持ちで胸が塞ぐ。

カラオケルームを出る時に、小さな物を手渡された。

「畔田さんに教わったことを書いていたメモ帳です」

「俺に？」

「僕にはもう必要ないから」

（本当に、この人は俺とのことを全部、卒業してしまうんだ。この人にとって、俺はもういらないものなんだ）

元の軌道に帰って行く。有紀と過ごした時間ごと、そっくり脱ぎ捨てて。望んだとおりになったのに、胸に焼け火箸を突っ込まれているみたいに痛い。

「それじゃあ、俺も。返しそびれていたから」

いつも持ち歩いていた嶋崎との思い出のハンカチ。これは、自分の嶋崎への未練そのものだ。ハンカチを持ち主に返す時、引き裂かれるような痛みを覚えたが、何とか笑顔を作り、店の前で別れた。


一人になった電車の中で、扉の脇に立ってメモに目を通す。有紀の言ったことが、こんなことまでというぐらいこまごまと書かれている。

恋愛指南的な内容だけじゃない。

有紀が着ていた服や、こんな仕草がかっこよかったとか。何を面白いと言ったか、どこに行きたいと言ったか。今日は落ち込んでいて可哀想だったとか。笑った顔が見られて嬉しいとか。

書かれているのは有紀のことばかりだ。ささいに過ぎる断片を、嶋崎はこんなにも、大事に大事に集めていたのだ。

『相手のちょっとした部分に感動して、そういう破片が消えないで結晶みたいに育っていったものが、恋』

有紀が言った言葉が書きこまれている。

それなら、これこそが恋だ。紛れもなく恋だ。だって、すごくきらきらしている。ここに閉じ込められた時間たちは、眩いぐらい輝いている。

メモ帳の中にいる有紀は、現実の有紀よりずっと善良で素晴らしい人間のように見えた。

(俺のこと、こんなに見てくれてたんだ。好きでいてくれてたんだ)

――『綺麗に終わらせようとしないのは、完全に切れたくないって隠れた願望があるからなんじゃないの?』

でも、自分で終わらせた。本当に、終わってしまった。

車窓を流れる車のテールランプに気をとられているふりをして、有紀は声を出さずに泣いた。


「畔田さん、来てますよ。ほら、研究センターの人」

残業時間中、簡単なミーティングの最中に部下に声をかけられて、まさかと思いつつフロアの入り口を振り返る。

そのまさかだった。嶋崎だ。カラオケルームで会った時に『もう無理に会おうとするな』と言って、吹っ切れたと言っていたのに、職場に押しかけてくるなんて、どういうつもりだ。

有紀を驚かせたのはそれだけではない。こちらに向かってぺこりと頭を下げた男をひと目見て、有紀はぎょっと目を見開いた。

体型に合わないスーツが、生地の質の悪さと無駄な弛みでしわが寄り、枯れ葉のようなくすんだ色合いが顔色を悪く見せている。伸びすぎた髪が目にかかり、何故かメガネも昭和なものに戻っている。

（なんだ、これ）

完全に前に戻ってしまっている。

なんでこんな格好をして現れたんだ。一緒に買ったスーツはどうしたんだ。有紀への嫌がらせか？

驚きをポーカーフェイスで押し隠し、「そうだ、約束してたのを忘れてた。今日はここまで」と小さな嘘をついて椅子から立ち上がる。

「お疲れ様です」

「お先」

声をかけてくれるメンバーに返事をしながらフロアを抜け、エレベーターホールに出る。ボタンを押して下降のエレベーターを待つ間も、少し後ろに立っている男の存在を強烈に意識して、いらいらする。

「話がしたいんです」

「俺はしたくない。もう話は終わったはずだろう」

「畔田さんが作ってくれたオムライスにカレーをかけたものなんですが、あれから練習して、上手に作れるようになりました」

　嶋崎は嫌がらせをしている風でもなく、むしろ昂揚《こうよう》した様子に見える。何をしに来たんだ。オムカレーの報告でもないだろう。思い切った、腑に落ちたと言っていたんじゃないのか。

　こんな人目のあるところで、何を言いだすかわからない男と話しているわけにはいかない。有紀は急いでエントランスを出て、早足で最寄りの駅を目指した。

　ここからは有紀のマンションの方が近いけど、新しい部屋を知られたくない。でも、今日は外で冷静に話を聞ける気がしない。

「こんな往来で話をしたくない。嶋崎さんの部屋に行って話を聞く。それまで話はしないから」

　宣言すると、嶋崎は目を見開いて子供のようにこくりと頷いた。

「なんなんだよ、その格好は！　せっかく買った勝負スーツはどうしたんだよ！」

嶋崎の部屋に入るやいなや尋ねた有紀に、嶋崎は悪びれた様子もなくこう答えた。

「あれはもう会社では着ません。一緒に選んでもらった服は、畔田さんと一緒の時以外は全部着ません」

「なんでっ」

有紀が見立てたものだから、もう着たくないのかと思ったら、哀しくなった。

服に罪はないじゃないか。あてつけみたいに前のスーツで現れることはない。服は服で割り切って着てくれたらいいのに。

きらきらしていた時間の全部がなかったことになるのだとしたら、あまりにも哀しい。

「畔田さんが、今の僕なら女の人が寄ってくると言ったからです。僕が好きなのは畔田さんです。他はいらない。畔田さん以外の人に好かれても意味がない。それなら元の通りにしていればいいんだと思いつきました。この姿であれば女の人に好かれないのは実証済みです」

意味がわからない。わからなすぎて頭が痛くなってくる。

女に好かれたくないから、こんな格好をしているってことか？

「着信拒否までされて、酔った畔田さんを抱いてしまったことで完全に嫌われてしまったのだと思っていました。でも、この間畔田さんと話して、ハンカチを返されて、嫌われているんじゃないとわかりました」

「……どういうこと?」

「畔田さんは別に自分のハンカチを持ってた。僕のことをどうでもいいと思っていたら、僕の古いハンカチを持ち歩くはずがないでしょう」

　みっともなく唇が震えた。図星だったからだ。

「なんだよ……、なんで話を蒸し返すんだよ。俺のこと思い切ってすっきりしたんじゃなかったのかよ。俺にくれたあのメモ帳は、もう俺とのことはなかったことにするってそういう意味だろ」

「そんなはずないじゃないですか。やるべきことが見えたので、いろいろなことを思い切ったし腑に落ちたと言ったんです。僕はもうあのメモの内容は一言一句覚えてしまいましたが、念のためにバックアップはとってあります。ただ、僕は口下手なので、畔田さんへの想いを分かっていただくには、あれが一番わかりやすいと思ったんです」

　確かに、メモに込められた恋情には打たれたし、この恋を全部自分で終わらせてしまったのだと思うとつらくて、有紀はJRの駅五区間分たっぷり泣き続けた。

　こっちの気持ちを動かすための確信犯だったのか！　と啞然として、開いた口がふさがらなくなる。

「畔田さんを不安にさせている点を要約すると、一つ目は僕がゲイではないこと、二つ目は男同士だと子供が生まれないこと、三つ目は社内恋愛になること、この三つですよね」

嶋崎が順番に三本の指を立てていく。間違いではないので頷くと、嶋崎は人差し指をぐいと前に出してきた。

「一つ目についてですが、僕は既にゲイになりましたから、心配していただく必要はありません」

まるでなんでもないことのように言われて、カッとなる。この前自分の弱い部分を晒して一生懸命語った有紀の話を聞いていなかったのかと嶋崎の肩を揺さぶってやりたい。

「簡単に『ゲイになった』とか言うなよ。そういうもんじゃないだろう。一回男とヤッたぐらいで」

「軽く考えているわけではありません。ただ、女の人には一切興味がなくなって、男性の畔田さんだけを好きで触れたいと思っているなら、もうゲイでしょう。それに、この先は畔田さんが望む時以外はずっとこの姿でいるつもりですから、僕に近寄ってくる奇特な女性もいないでしょうし、なんならオプションとして、初対面の女性には思いつく限りの不快な言動をとるように心がけます。これで、一つ目の心配は解消されたかと思います」

「なんだよ、オプションって……」

今後は有紀一筋だから、もうゲイになったって。モテないためにダサくして、感じ悪くするって。そんなバカな。

嶋崎は、有紀の目の前で二本目の指を立てた。

「二つ目の子供ができないことについて。これに関しては、僕も自分をごまかすことがないように、自分の心を見つめてよく考えてみました。僕の家は、両親がお互いに子連れの再婚だったので、僕と弟たちは血の繋がりがありません」

「えっ。そうなんだ」

こんな場合だけれど驚いて素で返事をしてしまった。弟の話を時々していて、とても可愛がっているのが聞いていてもわかるので、血が繋がっていないなんて思わなかった。

「はい。一人っ子だった僕は、弟が二人もできたのが嬉しくて、可愛くて仕方がなかった。だから、大人になったら子供がいる幸せな家庭を築こうと夢に見ていたんです」

ほら、やっぱり。有紀には叶えてあげられようもない願いを聞かされると、胸の底がちりっと痛んだ。

「でも、自分の気持ちをよく嚙み砕いてみたら、必ずしもそれが子供じゃなくてもいいんだという結論に至りました。僕は愛する人の拠《よ》り所になりたい。畔田さんが恋人になってくれるなら、全身全霊で畔田さんを可愛がりたいと思います」

「そういうことじゃないだろう。子供が欲しいって、人としての本能だろ。今、嶋崎さんは二十九だ。俺とつきあって、一番いい時期をつぶして結婚し損ねたりして、どうして男なんかと寄り道しちゃったんだろうって、後できっと後悔する」

――『お前なんかとつきあってこっちは二年も無駄にしたんだからな』

小井戸の言葉がまだ有紀の胸に刺さっている。

嶋崎はきっとどんな場面でも、そんな風に有紀を責めるようなことは言わない。でも、有紀といると嶋崎が本来受け取れるはずだった幸せをどんどん食いつぶしてしまうようで、想像すると怖い。怖くてしかたがない。

「畔田さんは、僕の遺伝子が残らないという点を危惧してくださっているんでしょうか。僕には特にそういった心残りもないんですが、その点についても考えてみました。もしそれで畔田さんの気が済むなら、精子バンクのドナーになります」

（違――う！）

ものすごく違う。圧倒的にずれているのだが、それを修正する言葉が見つからない。戸惑って、呆れて、そうして切なくなった。どうしてこの男は、有紀なんかのために、そこまで言えるんだろう。

これ以上驚くことはないと思っていたのに、晴れやかな表情で三本目の指を立てながら嶋崎が告げた言葉は、有紀を仰天させた。

「三つ目の社内恋愛に関しては、既に解決済みです。今日辞表を提出してきました」

「へえ。……え？　えええっ⁉」

（辞表って。辞表って！）

会社を、辞めた？

まさか、有紀が社内恋愛は無理だと言ったから？　それだけのために？

「な……に、やってるんだよ、嶋崎さん」

せっかく『アスキア』も好評で、仕事の成果が評価されるという矢先なのに。肌フェチだし、自分の開発したものの話をする時、あんなに生き生きしていたのに。

「この仕事が好きだったじゃないか」

「はい。好きでした。畔田さんに出会うことがなかったら、何も疑問を持たずこの先も勤め続けていたと思います」

そんな。

見た目を直すのはすぐにできるし、精子バンクの件も有紀のためだけなら思いとどまれると言える。だが、一度出してしまった辞表は、そう簡単に撤回できない。

言葉をそのまま受け取ってしまう男だとは知っていたが、自分が言ったことが、そんな大事になってしまうなんて想像もしていなかった。

（どうしよう。どうしようどうしよう！）

嶋崎が傷ついても、『お前なんか嫌いだ』と言って突き放せばよかった。こんなことになるぐらいなら、その方がましだった。

「これからどうするんだよ。会社辞めちゃって、どうするつもりなんだよ！　気の迷いでしたって、今すぐ辞表取り返してこいよ！」

「ご心配には及びません。大学時代の友人から自然食品の会社に誘われているのでそこに行ってもいいですし、いい機会なので今後のことをゆっくり考えてみてもいいなと思っています」

「そんな……」

「僕と畔田さんは、社内恋愛ではなくなりました。これで、畔田さんの心配していた三つの点については、完璧ではないかもしれませんが、僕なりに解決できたと考えています」

嶋崎の人生の邪魔にならないようにと、彼の人生から退場したつもりだったのに。それどころか、大きく狂わせてしまった。

自分のせいで、取り返しがつかないことになってしまった。恐怖で膝に力が入らなくなり、体が小刻みに震えてきた。

「そんな顔をしないでください。体力はある方ですし、どんな仕事だってそれなりにやっていける自信があります。僕が全てのものと引き換えにしても欲しいのは畔田さんだけなので、できる限りのことをする前に諦めたら、一生後悔すると思ったんです」

「……俺はどうしたらいいんだよ。俺は嶋崎さんに、何も捨てさせたくなかったんだよ」

「捨てさせる、とは?」

「わかるだろ。人前でも手が繋げるような当たり前の恋愛とか、やりがいのある仕事とか、子供と妻のいる温かい家庭とか、そういうものだよ。嶋崎さんが諦めるものと釣り合うぐらいいいものなんて、俺は何も持ってないよ。そんな風に、何でもかんでも捨てるような真似して、もし俺がそれでもつきあわないって言ったらどうするつもりだったんだよ」

「僕は何も諦めたつもりはないし、僕が勝手にしたことで、畔田さんが責任を感じる必要はありません。自分の気持ちに正直に選んでくれていいんです。それと、男同士で手を繋いで外を歩いてはいけないいんですか？　仕事のやりがいは、大久保薬品にしかないんでしょうか？　子供と妻のいる家庭に、同性のパートナーとの生活は劣るんでしょうか？　僕はそうは思いません。最愛の人と築く暮らしが、最も温かい本当の家庭だと思うし、それを守るために仕事があると思うからです」

　嶋崎の表情は本当に澄んでいて、全く迷いがなかった。

「僕が畔田さんに恋愛指南をお願いしたのは、愛されなかった理由を知りたかったからです。でも、レッスンの中で僕が見つけたのは、人を愛することの喜びでした。それは本当に世界を塗り替えてしまうような素晴らしいもので、僕の一番欲していたものはそれだったんだと初めて気づきました。だから、後悔だけはしない自信があるんです」

　こんなの責任取れないという困惑。嶋崎がバカすぎることへの腹立ち。嶋崎を愛している全ての人への申し訳なさ。

　それでもどうしようもなくこの男が愛しく、嬉しいと思ってしまう気持ち。

　頭の中で、さまざまな思いがぐるぐる回っている。絡まり合って、もつれあって、ちょっとやそっとじゃ解けそうもない。

「……運転中の洗濯機の中身みたい……」

テンパり度数がマックスになって、考えていたことがダダ漏れになっていたらしく、

「大丈夫ですか。洗濯物がどうかしたんですか?」と、有紀を混乱の渦の中に叩きこんだ張本人に心配された。

大丈夫じゃない。全然大丈夫じゃない。

「……バカだろ、嶋崎さん」

有紀が手に入るという確証もないのに、自分がこれまで積み上げてきた全てを軽やかに捨ててみせるなんて。嶋崎ほどの大バカ者は見たことがない。

こんなとんでもない告白を聞いてしまって、泣きたくて叫び出しそうで、何もちゃんと考えられない。頭の回線がショートしそうだ。今日はもうブレーカーを落としてしまってもいいだろうか。

「畔田さんの貸してくれた『風車小屋だより』を何度も読みました。あの中に、金の脳みそを持っている男の話があるでしょう」

「ああ」

その童話は、短編集の中でも異彩を放っていたから、強く記憶に残っていた。

金の脳みそを持って生まれてきた男が、一人の少女に恋をする。頭の中の金を好きな女

のために使い、少女が死んだ後にも、彼女に繻子《しゅす》の靴を買ってやるために最後のひとかけらまで使って死んでしまう。愚かしくも哀れな話だと思った。

それなのに嶋崎は、「僕は、あの男が羨ましいと思いました。金の脳を持っていたら、僕もあなたに全部あげられるのに」なんてことを平然と言う。

やっぱり、この人は自分で気づいていないだけで、天然のタラシ体質なんじゃないだろうか。それとも、度を越したロマンティストなのか。

「同性間のセックスに関しては、現状では到底満足が行くレベルに達していないかと思いますが、努力と創意工夫で励みますので、今後の伸びしろを見てほしいです」

「なんだよ。伸びしろって」

笑ったはずなのに、泣くような声が出た。

初めてのセックスであれほど翻弄されて、嶋崎が充分にスケベで絶倫で技巧派であることを知ったのに、そんなに成長されてはむしろ困る。ついていけなくなる。

あまり努力されて創意工夫を凝らされて、あれ以上骨抜きにされてしまったら、原形をとどめていられない。

（って言うか、『励みます』って俺とってこと？　このひと、今後も何度も寝る前提で話してないか？）

まだ返事もしていないのに、さりげなく図々しいことを言われたのではないだろうか。

「畔田さんの心にはまだ治っていない傷があって、そこからどんどん不安が溢れてくるんだと思います。解決したつもりになっていても、これからも次々に新しい不安が生まれてくるのかもしれません。僕は、そのたびに解決策を見つけてみせます。そして、畔田さんが僕を苦しみから救い出してくれたように、できることならいつか、僕が畔田さんの傷を癒すことができたらと思っています」

きっと嶋崎の言う通り、有紀の不安は朝起きたら消えていましたなんてことはなく、今後も時々頭をもたげたりするんだろう。でも、嶋崎ならそのたびに迷解決策を思いつくだろうし、有紀はその斜め上っぷりに驚かされながら癒されていくんだろう。

そうまで言ってくれている人を拒む理由がもう見つからなかった。

「僕は一度興味を持ったものには滅多な事では飽きないので、生涯あなただけを愛すると誓えます。まだ、僕にはチャンスがありますか？　ゼロではないなら、畔田さんの気持ちの整理がつくまで何年でも待ちます」

「……やっぱり、天然タラシ」

言葉を知らない、口下手だと言っていたくせに、自分が今、最上級の愛の言葉で口説きまくっているという自覚はあるんだろうか。

嶋崎から発せられているオーラが、太陽のフレアのように強く輝いている。元の通りのモサい服装に戻っていようが、たった一つの恋愛を体当たりでもぎ取ろうとしている今の嶋崎が、有紀には最高に眩く魅力的に見える。

降参だ。

元々、こちらの方が好きで好きで、惚れ抜いている相手なのだ。そんな男にこうまで言われて、抗い続けられる人間がいるだろうか？

（嶋崎さんのお父さん、お母さん、ごめんなさい）

この人を大事にするから。幸せにする力が自分にあるかどうかわからないけれど、絶対不幸にはしないから。自分の命より大事にするから。だから。

（どうかこの人を俺に下さい）

「僕に、何ができますか？　あなたのために何をしたらいいですか」

何も。何もしなくていい。ただ、そばにいてくれたら、それだけでいい。

そう告げる代わりに、想いを込めて嶋崎の首筋に腕を巻きつける。引き寄せた耳元にささやきかけたのは、たった一言だけ。

「……オムカレー、一緒に作って」

そうやっていつまでも、この人と。ささやかででこぼこした日常を分かち合いたい。


「あ……、ぅあ……っ、やぁ……」

後孔をゆっくりと掻き混ぜていた人差し指と中指が、出し入れする動きを開始すると、あやふやな声しか出せなくなった。

部屋の中に、『アスキア』の香りが充満している。

「開発中のボディローションでは染み込みが良すぎて、ラブローションの用途には向かないんです。ですから、時間が経ってもほどよいぬるつきを保つものを作ってみました。市販のものより肌にいいはずです」

有紀の自然には濡れない場所を、たっぷりと濡らしている特製ローション。

「……んで、こんなに、準備いいの……?」

「畔田さんの肌を潤すものは全て僕が作ったものにしたかったので」

ベッドに押し倒された時には、『畔田さんともう一度こうなれるとは思っていなかった』なんて言っていたくせに、こんなに準備万端だなんて矛盾している。

逸《はや》る嶋崎を何とか説得してシャワーを浴びていたらバスルームに乱入され、嫌がる有紀の体を『洗う』と称して散々弄り、ふらふらになった体をベッドに運ばれた。

体中に愛撫を受けているのに、肝心な男の部分には触れてくれないのがもどかしい。触れてもらえないまま、胸の先や尻の狭間に受けた刺激だけで勃起してしまっていることが、何だか悔しい。

自分で触ろうとするたびに、「畔田さんの手はここ」と嶋崎につかまるように促される。

もどかしい欲情に決着がつかないまま、体が温度を上げ続けていくことが怖い。

二本の指に弄られ続けた窄みも、散々舐められた両乳首も、勃ち上がっている欲望の先端も、濡れて光って、紅色に腫《は》れてじんじんと痺れている。

受け身のセックスにはまだ慣れなくて、自分の体感がまだ受け止めきれない。後ろで快感を得たのは、海に行った日に嶋崎と体を交えたあの日が初めてなのだ。

一方、好きなものへの観察眼なら半端ない嶋崎は、一度のセックスでもう有紀の反応が鋭い場所を覚えてしまったようだ。

「いや、だ、……それ、いや……っ」

「嫌なんですか？　本当に？」

まさかの言葉攻めかとくらくらしてくる。

（もしやこの人、セックスの時にはSキャラに変わるタイプ⁉）

涙目を薄く開けて恐々嶋崎を窺うと、爛々《らんらん》と光る両目が有紀の反応を少しも見逃すまいと食い入るように見ている。

（こ、怖っ！）

「ここを弄るたびにカウパー液が分泌されてくるということは、畔田さんが快感を得ているという証拠ではないのでしょうか？」

（そんなことを本人に聞くな。俺の体を観察するな）

理科の実験じゃないんだぞと言いたい。

「ざらっとしていて少し盛り上がっているここ。ここをこうすると」

と言いながら、探し当てた場所を押してくる。

「畔田さんの前も動くんです。ほら」

「あうっ」

やっぱり、嶋崎の反応は、生物の時間に解剖の実験に夢中になっている子供のようだった。恥ずかしい場所を全部観察されているのだと思うと、全身が火照る。

今まで相手にしてきたことをされる側になっているというだけでいたたまれないのに、今日は素面だ。実況中継は勘弁してほしい。

内側を探られて腹の奥が重く張ってくる、尿意とも射精感とも判別がつかないこの感じ。

「い、嫌だ。変な感じ」

「こんなにしているのに、どうして嫌がるんですか?」

「も、漏れそうになる、から……っ」

言わないと止めてくれないから、恥を忍んで言ったのに、嶋崎は感極まったように「あぁっ」と裏返った声を上げて、有紀のペニスにむしゃぶりついてきた。

「ひいぃっ」

何をしてくれる。口の中に粗相をしたらと焦って頭を必死で押すけれど、有紀のそこを執拗《しつよう》にしゃぶっている男の頭が離れない。

「やだやだ、やめろよおぉっ」

ちゃんとしゃべりたいのに、直接の快感が強すぎてめろめろした声しか出せない。

「畔田さん、可愛いです！　畔田さんが可愛すぎてどうにかなってしまいそうです」

そんなことを言いながら、「おもらしをしてしまう畔田さんも見てみたい」などと変態発言を織り交ぜてくるあたり、既にとっくにどうにかなっているだろうと言いたい。

（変態だ。この人変態だ！）

「絶対に嫌だっ」

「でも大丈夫です。滲んでくるのは白いものです」

（もうやだこの人……）

後孔をいいように広げられているうちに、パンパンに勃起したものが吐精を訴えてくる。滲んだ途端に舐めとられ、先端の小さな穴を舌先でこじ開けられて、今にも嶋崎の口の中に出しそうで怖くなる。

そうなる前に逃れたいのに、体に力が入らない。

ずり上がって行く体を何度も引き戻され、熱心すぎるほどの責めを前と後ろに同時に受ける。翻弄されて、腰砕けになって、自分じゃないみたいな甘ったるい声を上げながら、嶋崎の頭を腿で締め付けたり、尻をシーツから浮かせてうねらせることしかできない。

「なんて色っぽいんだ。そんなに感じてくれて嬉しいです」

嶋崎が感極まったようにつぶやくが、有紀の方はそれどころじゃなかった。

「もういく。いくから、離して」

「このままいってください」

「嫌だっ」

何度も嫌と繰り返すうちに涙ぐんできた有紀を見て、嶋崎が下半身への責めを止め、優しく背中をさすりながら髪にキスしてくれた。宥めるためのさらさらとした手の動きはとても優しい。

「どうしてそんなに嫌がるんですか。畔田さんを愛撫すると、僕も気持ちいいし、あなたのことを可愛がりたいんです」

「気持ち悪い思い、してほしくないんだよ。嶋崎さんはヘテロなんだから、無理するなよ」

「今はゲイだと言ったでしょう。それに、無理ってなんですか？　僕は好きなものを味わっているだけです。畔田さんはどこもかしこもいい匂いだし、綺麗だし、美味しいです」

それで話は済んだと思ったのか、一層遠慮会釈もなくなった愛撫が再開する。

修辞的に言っているのではないとわかるのは、手当たり次第に鼻をつけているし、そこかしこに触れ、音を立ててしゃぶっては、「ああ、美味しい」「たまらない」とつぶやいているからだ。

（なにこれ。バカじゃないのか？）

欲望剝き出しで、好物を前にした我慢のきかない犬みたいにこんなにがっついて、なんて恥ずかしい男だ。そして、可愛くもないのに下肢を大きく開かされて悶えて、喘ぎ声をこらえられずにいる自分が一番恥ずかしい。切ない声は悲鳴に近くなる。

「あ！　あ、それだめ、もうダッ……！」

有紀が達しようとしているのがわかったのか、ひときわ強く吸い上げられて、もう我慢できなかった。

「あっ、あっ！」

頭の中が真っ白になって、尿道を欲望が突き抜けていく。有紀は、びくん、びくんと体を弾ませながら、欲情の証を嶋崎の口腔に散らした。

嶋崎は、粘ついて不味いはずのものを、甘い蜜でももらったように嬉しげに、喉を鳴らして飲み込んだ。

内と外から掻き立てられた射精の快感は強烈だった。動悸が怖いぐらいに速い。全身が汗で霧を吹いたようになり、四肢が重くなって力が入らない。

「……だめだっ……言ったのに……」

「畔田さん、可愛い、ものすごく可愛い」

だから俺は可愛くなんかない、といういつもの文句も出ないぐらい、まだ心臓が暴れている。

「畔田さんが射精する時、中の盛り上がったところも動くんです。本当に感じてくれたのだと僕も実感することができました。感激だ」

だからいちいち詳細な報告はいらないと。

まだ体に力が入らないのに、過敏になっている場所に特製ローションを足され、同じぬるみをまとった嶋崎の先端が押し付けられる。

「待って。待っ……」

「すみません。もう我慢ができません」

待てと言うのも聞かずに、長大なものがどんどん体内に入ってくる。充分に解された場所が、嶋崎を飲み込まされながら、自分でも吸い上げるように収縮している。

果てがないような挿入の長さに怯えて、わけがわからなくなって、叫んでしまう。

「やだぁっ。もう無理、深いぃ、大き、……っ」

すると、嶋崎が有紀の中でぐうっと膨らみ、さらに質量を増した。

「……それ、まずいです。お願いですからもうしゃべらないで」

ひどくしたくないから、と囁いた声に余裕がない。

奥の奥まで拓かれ、ずんずんと突かれる。

まだ未開拓な性感帯を次々と暴かれて、怖いのに、嶋崎が自分の体でこんなに猛ってい

るのだと思えば嬉しい。好きな男にこうされているのだと思うと、たまらなく興奮する。

快感が強すぎて、目尻から涙があふれて、心臓が口から飛び出しそうだ。二つ並んだ泣きぼくろの上を伝う涙を、嶋崎の舌が舐めとっていく。

(あ。だめ、そこ)

それまでの愛撫で、もう感じすぎるぐらい感じていたのに、さらに官能スイッチが入ってしまう。

「や、あああぁぁっ」

と、不随意に尻が跳ねて、意志とは関係なく複雑な動きで腰がくねる。興奮しきった体が、差し込まれているもので内壁を擦る動きをしてしまう。動くたびに、嶋崎のカリの張り出したものが、有紀のいい場所を抉《えぐ》るので、もう、快感を貪ることしかできなくなる。

「そんなにしたら、僕の方が先に達してしまいます。頼むからそんなに締め付けないで」

「してな、……あっ、ああっ、あん!」

嶋崎の苦しげな顔がエロティックで、それにもまた感じてしまう。

途中から、嶋崎の顔つきが変わった。獰猛《どうもう》で、怖いぐらいに真剣な顔。

(あ。この人もスイッチ入った……?)

有紀も、抱いたことのある子に『犯してやろうか、って目で言われてるみたい』と言われたことがあるけれど、まさにその通りの表情で、嶋崎が有紀を見ている。こちらを食いつくそうとする牡《おす》の顔。捕食者の顔だ。

ざあっと鳥肌が立った。

自分は食う側から食われる側になったのだと実感する。男は欲情しない相手を抱くことはできない。こんなにも欲しがられている。骨まで残らないぐらい食べられてしまう。

そのことが、こんなにも嬉しい。

有紀の膝が頭の横のシーツにつきそうなほど深く体を畳まれたかと思うと、有紀の秘部に猛然と銛《もり》を打ち込み始めた。

こんな風に激しく揺さぶられて深い場所を穿たれているのに、痛みはまるで感じない。もう怯えは少しもない。圧倒的な快感だけが、ただそこにある。

こんな風に優しく情熱的に抱かれて、こんな快感を知ってしまったら、きっと今夜で体が変わってしまう。

「や！　あぁ、ああ！　気持ちいい、……嶋崎さ、気持ち、いいっ」

「畔田さん、僕もいいです」

小さな言葉の切れ端と視線で、達するタイミングが近いことを知らせ合う。

隙間がないぐらい絡み合って、速い呼吸の合間に舌を舐めあって、熱くなった場所を擦り付けあって。

爆発寸前の愉悦がどんどん輝度を増していく。あと少し。あと少しで、高みに上れる。

それとも、奈落に落ちるのか。

どちらでも構わない。二人一緒なら。

やがて放り出されるような落下の感覚が来て、自分史上最高の喜悦の中に落ちていく。意識も飛ぶほどの安堵の中で確かに聞いたのは、誰よりも好きな人が囁いた「僕を選んでくれて、ありがとう」の言葉だった。

長い間心に刺さっていた破片がゆっくりと溶けていく。こちらこそ、同じ言葉を想いの全てをこめて返したい。

(諦めないでいてくれて、こんな俺を選んでくれて、ありがとう)

でも、その言葉を伝えるのは、後でいい。有紀より体温の高い広い胸の中で、もう少し、気持ちのいいまどろみを味わってからにしよう。


メールの時間から想定していたより早いタイミングでチャイムが鳴ったので、有紀はちょっと驚いた。

ドアを開けると、ネギをはみ出させたスーパーのレジ袋を持って、嶋崎が立っている。有紀が頼んだものを買ってくるミッションは遂行されたようだ。

「お帰り。早かったね」

「ただいま」

返事を聞いて、嶋崎の息が軽く弾んでいるのに気づく。

「走ってきたの？」

「少しでも早く、畔田さんの顔が見たかったから」

本当に言葉通りのことを思って道を急いできたんだなというのが丸わかりの、飼い主に遊んでもらっている子犬そっくりなキラッキラの目をしている。

頭に乗っている桜の花びらをそっとつまむ。全裸の嶋崎と衝撃の出会いを果たした日から、もう一年が経つんだなあ、と実感する。

すんでのところで再モサ化は食い止められ、今のところいい男バージョンを維持しているが、元々人によく見られたいという意識の薄い男なので、本人に任せておくとすぐに汚くなってしまう。だが、有紀の希望とあらば張り切って言う通りを実行するところは、考えようによっては扱いやすい。

「早くって、……さっきまで家にいて、スーパーに行っていたのはせいぜい三十分ぐらいじゃないか」

「三十分も、ですよ。休日なのに、畔田さんと三十分も離れているなんて」

嶋崎を真のバカじゃないのかと思う瞬間だ。

つい先日も、朱実に『バカップル』と言われたばかりの溺愛垂れ流し状態で、うっとりと有紀の顔を見つめてくる。

砂を吐くほど甘いことを言われて、面映《おもは》ゆいけど嬉しいと思っている辺り、自分も大概バカだと思う。有紀の脳内には、ここのところ外の桜なんてお呼びじゃないぐらい大量の花びらが、二十四時間体制で舞いっぱなしなのだ。

（だって。嶋崎さんがそこまで俺と一緒にいたいと思ってくれてるのは嬉しいよ。本当は俺だって三十分も離れていたくない。いや、一分だって、十秒だって）

それではもはやトイレに行くことだってままならないことは意識の外だ。

同棲ほやほやのカップルの間には、どんなささいなことでもきっかけになって、直ちに薄紅色の二人だけの世界が醸成される。今もまた、ネギの入ったレジ袋を間に見つめ合ってしまう。

「ただいま」

もう一度、嶋崎がさっきよりゆっくりした声でつぶやいて、そっと唇を合わせてくる。

二人が同棲するようになってひと月だが、「行ってらっしゃい」と「お帰りなさい」のキスには、まだ慣れない。

同棲を始めた最初は『そういうのを習慣にしたくない』と断固拒否していた。

『どうして習慣になると嫌なんですか？　新鮮味がなくなるから？　僕は口づけるたび悦《よろこ》びが深くなるのに』

『だって、しなくなる日が来ると、寂しいだろ』

つい恋には全力で後ろ向きな本音がこぼれる。

『しなくなる！』

嶋崎がムンクの叫び張りに口を開けた。しなくなる可能性なんか想定もしていなかったらしい。

『畔田さんは、すぐに僕とのキスに飽きてしまうんでしょうか。そんな兆候が既にあるんでしょうか』

あからさまに暗くなるから、慌ててフォローする。

『いや、俺がってことじゃなくて。嶋崎さんだって、いつまでも今のテンションではいないだろうし』

『何故ですか？　僕は目が覚めて畔田さんの顔を見るたびに、新しい恋に落ちているんです。昨日までの恋も積み重なっているから、どんどん深くなるばかりです。もうキスをしたくないと言い出すとしたら、畔田さんの方でしかあり得ません。そんな日が来れば落ち込むでしょうが、耐えて見せますから、それまではどうか許してもらえませんか』

犬のような目で、真面目そうなふりをして前世はラテンの国の人だったのか！　と言いたくなるほど臆面もなくせがまれて、つい勢いに負けてしまった。

気恥ずかしいけれど……今では、ちょっと悪くない習慣かも、と内心思っている。

「今日は何ですか?」

「油淋鶏《ユーリンチー》」

嶋崎の好物を答えると、恋人は嬉しそうに笑った。

「じゃあ、僕はネギを刻みますね」

ひと月前、嶋崎を思い切るために移った部屋から、二人で住めるもう少し広い部屋へと引っ越した。キッチンが広めの物件を選んだだけあって、二人でキッチンに立っても作業効率が良く、とても気に入っている。

新居は、亜紗のマンションからそう遠くない中古の一戸建てだ。

『短い期間で二度も引っ越すなんて落ち着かない子』と笑う両親や姉たちに、『実は一緒に暮らす人がいる』と嶋崎を紹介したのは、有紀的には人生最高レベルに緊張した瞬間だった。

亜紗には『あらまあ』と驚かれ、朱実には冷やかされたが、拍子抜けするほどみんなに喜ばれ祝福されて、二人の部屋に帰ってから少し泣いてしまった。嶋崎は、そんな有紀を背中からずっと抱きしめていてくれた。

近所になったために汐音がしょっちゅう遊びに来るようになったことも嬉しい誤算だ。お陰で、幼児が触れると危ないものを低いところに置けなくなった。

もちろん新居に運んだ嶋崎お手製のボールコースターは、リビングの目を惹く装飾であると同時に、汐音の大のお気に入りだ。気がつくと、コースターのレールの上に指人形が並んで置かれていたりする。

嶋崎はと言えば、転職はせず、あの後も大久保薬品で働いている。辞表を上に出さずに預かっていた落のお蔭で退職せずに済んだのだ。落には心から感謝している。

だがそこには、突然の辞表の影には女がいると直感した落から、主に興味本位で『そこまでお前を狂わせた女を連れてこい！』と責められた嶋崎が、一か月ぐらい黙秘を続けたものの、とうとう相手は有紀だと吐いてしまったというオチがつく。

『まさか嶋崎の相手が、だったとはね』

『あいつの話を聞いて、どんなエロいい女なんだってちょっとムラムラしながら聞いてた俺がバカみてえじゃねえか』

『アスキア』が社内のヒット商品に選ばれ、授賞式後のパーティーで会った落に散々つつかれて大量に発汗しつつ、とりあえず笑うしかなかった。

まあ、それも、

『ムラムラなんてしないでください。畔田さんが汚れます』

と真顔で言う嶋崎に辟易《へきえき》した落の方が『これ以上当てられてたまるか』と逃げ出して終わったのだが。

社内で他に有紀たちの関係に勘付いているのは安住だけだが、しょっちゅう、

『これだけは教えて。お前が掘ってるの？　それとも掘られてるの？』

と聞いてくるのが心底鬱陶《うっとう》しい。

昨年末に発売された『アスキア』は使用した人の満足度が高く、「効果がある」「香りがいい」と口コミでじわじわ浸透している。夏を前にしてボディローションとボディスクラブがラインナップに加わる予定だ。

試作段階のボディローションを試されまくって、有紀の全身がくまなく艶々のピカピカになったことは、有紀と嶋崎だけが知っている秘密だけれど。

商品化されたものはどれも気に入っているのだが、一つ問題がある。『アスキア』裏バージョンとも言える嶋崎特製ラブローションが、同じ香りであることだ。

「畔田さんっていつも『アスキア』の香りがしますよね。あの商品を本当に愛してるんですねえ」

と言われると、落ち着かない。たぶん有紀から香っているのは、裏バージョンの方だからだ。そしてもっと問題なのは、通常品の『アスキア』の香りをかいだだけで、夜のことが思い出されてしまうことで――。

そこまで回想したところで、インターホンが鳴る。

「来た」

有紀の全身に緊張が走る。今日は、嶋崎の両親と弟たちを、初めて家に招待したのだ。

引っ越した時に、彼らにも嶋崎が有紀と同棲することを電話で伝え済みだけれど、直に会うのは初めてだ。

間違いなく、自分の肉親に報告した時よりずっと、今まで生きてきた中で一番緊張している。

来客のために準備したものをさっと目で確認する。二人で作った油淋鶏と、食べ盛りの二人が喜ぶように、オムライスのデミグラスソース掛けには、ハンバーグも添えた。

そして、この春から高校一年生になる次男への入学祝。

(髪は切ったばかりだし、服は爽やか路線でまとめたし、デンタルフロスはしたし、爪も手入れしたたし、部屋は入念に掃除したし、トイレや洗面所のタオルは新品に替えたたし。万事抜かりはないはず。あ、でももう一度鏡を見ておいた方がよかったかも……)

「そんなに緊張しなくても大丈夫ですよ」

顔に出ないだけで実はテンパりやすい有紀の緊張を見て取った嶋崎が、優しく頬を撫でてくれた。

深呼吸して、嶋崎の掌の温もりに力をもらって。

有紀は玄関のドアを開けた。

あとがき

はじめまして、こんにちは。夏乃《なつの》穂足《ほたる》です。

このたびは『脱いだら凄い嶋崎《しまざき》さん』をお手に取ってくださいまして、ありがとうございます。なんとも書店さんで購入しづらいタイトルにしてしまいまして申し訳ありません。

今回は「可愛いお話を」と担当様よりリクエストいただきまして、ほんのりラブコメテイストのお話にしようかな、というところから発想していきました。

自分にとって「可愛い」とは「バ可愛い」とほぼ同義語なので、本人たちは大真面目なのに傍から見るとバカップル以外のなにものでもない、破れ鍋に綴蓋的な二人を書きたいなと思いました。

そこからは、キャラの性格がとんとんと決まっていきました。プロット時の自分用の設定書にはこんな風に書いてあります。

「受け（元攻め）　畔田有紀《くろだゆうき》…爽やかな美形で社内一のモテ男なのに、本気の恋にはおたおたしまくりテンパりまくる。よくこれで攻めをやってたなというぐらい内面は乙女」

「攻め　嶋崎聡介《そうすけ》…研究バカの変人で見た目に構わなくて、一見有紀とは対照的な非モテ男。だけど、実は脱いだら凄い」

ただ、書いていくうちに攻めの変人ぶりが際立ってきて可愛いどころじゃなくなり、発売前の今は「この攻めはギリギリセーフどころか、アウトなんじゃ…」と怯えています。

そんなこんなで、担当様のリクからはだいぶ離れてしまった感はあるのですが、恋愛慣れしているように見えてそうでもない有紀と、恋には不慣れに見えて妙に大胆な嶋崎を、とても楽しんで書かせていただきました。

肩の凝らない話ですので、お仕事の合間にでも気楽にお読みいただければ幸いです。

今回イラストを描いてくださいましたのは、明神翼《みょうじんつばさ》先生です。そのお話を伺った時、ちょうど明神先生カバーの本を読んでいる真っ最中だったので、嬉しい驚きに有紀並みにテンパりました。どんな嶋崎と有紀に会えるのか楽しみすぎます。明神先生、お忙しい中お引き受けくださいましてありがとうございました。

担当様をはじめとしてこの本に関わって下さった全ての方、励ましてくれた家族やお友達、そして、この本を手にしていただいた皆様に、心からの感謝を捧げます。

またの機会にお目にかかれますことを祈りつつ。

二〇一三年　八月　夏乃穂足

脱《ぬ》いだら凄《すご》い嶋崎《しまざき》さん

プラチナ文庫をお買いあげいただき、ありがとうございます。
この作品を読んでのご意見・ご感想をお待ちしております。

★ファンレターの宛先★

〒102-0072　東京都千代田区飯田橋3-3-1
プランタン出版　プラチナ文庫編集部気付
夏乃穂足先生係 / 明神 翼先生係

各作品のご感想をWEBサイトにて募集しております。
プランタン出版WEBサイト http://www.printemps.jp

著者――**夏乃穂足**(なつの ほたる)
挿絵――**明神 翼**(みょうじん つばさ)
発行――**プランタン出版**
発売――**フランス書院**
〒102-0072　東京都千代田区飯田橋3-3-1
電話(営業)03-5226-5744
(編集)03-5226-5742
印刷――誠宏印刷
製本――若林製本工場

ISBN978-4-8296-2560-6 C0193

プラチナ文庫
Platinum Label

P2552

●好評発売中！●